井川香四郎

桃太郎姫　望郷はるか

実業之日本社

目次

第一話　偽りの花

一

屋根に梯子をかけ、屋根の上に引っかかっている凧を取っている城之内左膳を、下から見上げている桃太郎君が、

「どうだ。うまく取れそうか……そっちではない、もっと向こうじゃ。そうそう、もっと上の方じゃ。見えぬか」

などと指示を出していた。

ここは本所菊川町にある、讃岐綾歌藩の江戸上屋敷である。

桃太郎は、藩主・松平讃岐守の〝ひとり息子〟であり、城之内は江戸家老を任じられている。桃太郎には大きな秘密があって、実は女なのだが、生まれたときに男として、公儀に届けられていた。

そのことを知っているのは、藩主と奥女中頭の久枝くらいだったのだが、ある

事件を通して、城之内も知ることとなった。だが、事を公にすれば、藩の存亡に関わるということで、江戸屋敷に奉公している藩士たちにも内緒にしている。

しかし、城之内の目を掠(かす)めては、町場に出かけ、娘姿に変身して、色々な事件に首を突っ込むというお転婆ぶりは変わらず、相変わらず城之内をひやひやさせていた。

「見当たりませぬぞ、若君……どの辺りですかな」

城之内が屋根瓦にしがみつくように、へばりついている。

「もそっと上じゃ……落ちないように気をつけて、頑張って取ってきてくれよ」

声をかけていた桃太郎は、ニコリを微笑(ほほえ)むと踵(きびす)を返して、堂々と表門から外に出ていった。その姿を屋根の上から見た城之内は、大声を上げた。

「何処(どこ)へ参るのですか、若君！　なりませぬぞ、ひとりで出かけるのは！」

桃太郎君は聞こえないふりをして、足早に通りを駆け出すのであった。その姿がだんだん小さくなるのを見送りながら、

「あっ……もしかして、嘘だったのか、凧のことは……ああ、またしても騙されたッ」

悔しそうに瓦を叩くと、少しずれてズルリと落ちそうになった。城之内は悔し

そうに口を〝への字〟に結んで、急いで下りようとしたが、梯子がない。

「あっ！　若君めが……これ、誰かおらぬか！　誰かおらぬか！」

城之内の声に、家臣が二、三人、駆けつけて来て、何事かと見上げた。

「ご家老……何をなさっているのですか」

「凧だ、凧……」

「蛸（たこ）なら、もう捌（さば）いて酢の物にしておりまするが」

「バカかおまえは」

「早く下りて下さいませ。危のうございまするぞ。それこそ、『木登り川立ちバカがする』ではありませぬか」

木登りや川泳ぎは危険が多いから、木に登ったり川を泳いだりするのは愚か者がすることで、必要以上の危険を冒すことを戒めた言葉である。

「おい。いいから早く梯子を架けろ」

いい年をした城之内が屋根に登って、江戸の景色を眺めていたところ、梯子が外れたのであろうと、家臣たちは笑っていた。

一方、桃太郎君は——。

いつものように、富岡八幡宮（とみおかはちまんぐう）の表参道にある呉服屋『雉屋（きじや）』に行って、奥の部屋で町娘姿に着替えた。振袖姿に花簪、流行りの〝だらり〟の帯を揺らしながら、町場を自由闊達に出歩くのである。

『雉屋』の主人・福兵衛は、毎度のことながら、〝姫君〟には困ったものだと感じているが、数少ない秘密を知る者である。綾歌藩御用達呉服屋の隠居の身ではあるが、実は国元の松平讃岐守から、桃太郎君を守る隠密の使命を授かっていた。

「調子に乗って、ひとりで出歩くのは、お控え下さい。私もどちらかというと、城之内様の気持ちが分かります」

　福兵衛は姫君の身を案じているだけなのだが、屋敷に籠もっている性分でないことも承知している。ただ、このことも、いつまでも隠し通しておくことはできまい。いつかは、公儀に正直に申し出て、適切な処分を受けるしかないと思っている。

　だが、それは福兵衛の仕事ではない。今はただ、桃太郎……いや桃香姫の身辺を警護することが使命であり、密かな楽しみでもあった。

「ところで、今日は久枝殿は……」

「近頃、体調を崩してましてね、深川養生所の藪坂清堂にも来て貰ったのですが、寝込むことが多くなりました」

「それは心配ですな」

「大丈夫。城之内がいるから……あのふたり、福兵衛さんもご存じのとおり、いい仲ですから、丁度良い塩梅で。だから、私、ふたりだけの時を作りたいがために、こうして町場に出てきてるのです」

「またまた……」

「でも、久枝が手引きできないから、屋敷から出るときは、ちょっと一苦労なんです。では、ご隠居さんも体には気をつけてね」

桃香は若い娘らしく、弾くように表参道へと向かった。馴染みの甘味処に真っ直ぐ急いでいると、大横川の土手の方から、

「大変だ、大変だ！　土左衛門だ！」

という大声が聞こえた。同時に、野次馬たちが駆け出している。

「ほら、来た」

桃香は浮ついた顔から、少しばかり真剣なまなざしに変わった。不思議なことに、町場に出ると事件に遭遇する。そのせいか、近頃は、久枝も城之内も、「何か起こるから出かけないで下さい」と、まるで桃香が事件を巻き起こしているかのような言い草をされる。

もっとも、難事件に自ら関わっていく性分は、誰に似たのか、心が躍るのだから仕方がない。不謹慎だが、今日も〝運がよい〟と感じた。これは桃香が良いのではなく、被害者や町方役人が、「素早い事件解決ができる」から良いのだと、勝手に思っていた。

　桃香が土手まで行くと、引き上げられた死体があり、筵に置かれていた。その側らには、すでに南町定町廻り同心の伊藤洋三郎が、渋い顔つきで検屍を始めていた。

　死体は四十絡みの職人風であった。着物がびしょ濡れで、髷も乱れて歪んでいるので、惨めたらしく感じた。

「指先の皺や節くれ、何か塗料のようなものもあるから、小間物などの飾り職人かもしれぬな……年は不惑というところか、なかなかの男前だから、女絡みかもしれぬな」

　伊藤が十手で土左衛門のあちこちを撫でるように検分している傍らには、岡っ引の猿吉がやはり様子を窺っている。まだ二十半ばの若い十手持ちであり、いつも桃香に力を貸してくれる。頼りがいのある岡っ引で、〝投げ独楽〟の猿吉という異名がある。

「――旦那……顔だちなんて、どうでもよいでしょう。それより、なぜ死んだか、ってことが先じゃありやせんか」

「分かってる。余計なことを言うな」

隅から隅まで目を通したり、体を匂う仕草をしながら、伊藤は唸った。

「やはりな……この首根っこの青痣は、酔っ払って水に落ちた後、そこの船杭にでも、ぶつけたんだろう。そして、気を失って溺れた……見ろ。手の爪には、紐のようなものが絡んでる」

「……」

「まだ体中が酒臭い。なるほど、分かった。こいつは何処かで飲んだ帰り、鮨折でも持って帰る途中、ここでドボンと落ちた……爪の紐は、それだな」

どうだと得意満面に、伊藤は振り向いたが、聞いていた猿吉は呆れ果てて、

「土手から落ちて、水を飲んで溺死したのなら、腹はもっと膨らんでるはずだし、肺にも水が入ってるはずですよね」

「とは限らぬだろう」

「首の青痣も……もし転んだり、杭に頭を打ったのなら、他にも擦り傷がいくらかはできるはずです。でも、まったくない。これは、棒のようなもので、ガツン

と一発食らったものだと思いますぜ」

「つまり？」

「誰かが殺したってことです。溺れ死んだってことです」

「だが、心の臓の発作ってこともある。顔色がよくねえからな」

「土左衛門はみな青白いですよ。少なくとも、誰かが棒で叩いて……」

猿吉が言いかけたとき、

「これじゃありませんかねえ、伊藤の旦那」

と声があって、桃香が急な土手を駆け下りてきた。手には細い角材を持っており、わずかに血がこびりついている。

「そこの草むらに落ちてました。これで、叩いてから、失神したところを、川に突き落とした。死んでから水に落ちても、溺れたときのように、肺には水が溜まらないので、藪坂清堂先生に、ちゃんと検屍して貰った方がよいと思いますよ」

「桃香さん、さすが！」

嬉しそうに猿吉は声をかけたが、

「――小娘が……」

と伊藤は苦々しい顔をした。が、これまでも何度か、手柄を譲って貰っているから、あまり偉そうな態度は取れなかった。

「身許探しがまず先よね。それと、事件の解決を急ぎたいのなら、ここは門前仲町の紋三親分の縄張りですから、お頼みした方が早いと思いますよ」

江戸の十手持ちの親分衆の総元締めである、紋三の名を出されて、伊藤は余計に腹立たしくなってきた。

だが、土左衛門の首の傷と一致した、棍棒が出て来たとなれば、猿吉の言い分も無視することはできまい。伊藤は腕組みをして、少し考えてから、

「まずは、身許探しだな」

「それ、今、桃香さんが言いましたよ」

「——うるさい。俺も同じ事を考えていたところだ」

伊藤が腹立たしげに言ったとき、野次馬の中のひとりが、

「あれ、これは昇太ではありませんかね」

と商人風の男が声をかけてきた。

「ああ、間違いない。日本橋本石町の両替商『難波屋』の手代の昇太に違いないですよ。私は取り引きがあるのですが、うちにも何度か金を持って来てくれたことがあります。ええ」

「ということは……財布もないことから、深川まで来て、物盗りにでも遭ったか……」

もう一度、伊藤が唸ると、桃香は職人風の姿であることに、何処か違和感を感じていた。それは、猿吉も同じであった。

生ぬるい潮風が、土左衛門の上を渦巻くように通り過ぎた。

二

南町奉行所に帰った伊藤は、すぐさま事件の概要について、大岡越前守忠相（おおおかえちぜんのかみただすけ）に報告をした。執務部屋での大岡はいつも、不機嫌な顔をしている。

伊藤はチラリと表情を覗（うかが）いながら、

「私の考えでは、何者かが棍棒で殴り、財布を奪ってから、川に突き落としたに違いないと思います。検屍も藪坂先生に頼みましたところ、酔っ払って溺死したのではなく、そう見せかけられたとのことです。ここまで手の込んだことをしたということは、通りすがりの犯行とも思えませぬ……財布を奪ったのは、物盗りに見せかけたとも受け取れます」

と話すと、相変わらず大岡は顰め面で、返した。

「──先程、両替商『難波屋』の手代だと申したな」

「はい。昇太という者です。それが、何か……」

「なるほどな。奴ら一味の手は、そこにまで伸びていたか」

「はあ？」

大岡の話が読めない伊藤は、ポカンと首を傾げた。

「一体、なんでしょうか、その一味とか七味とかというのは」

「下らぬことを言うな。実はな、殺された昇太というのは、半月ほど前に、奉行所に訪ねてきておるのだ。犬山と一緒にな」

犬山とは、大岡の内与力に復帰した犬山勘兵衛のことである。この男も、〝桃太郎姫〟を監視するために、讃岐綾歌藩の上屋敷を見廻りながらも、事に触れて桃香の味方をしていた。将軍吉宗の従兄弟の子に当たるからである。

「犬山様が動いているということは、お奉行にとって、いえ御公儀にとって、何か重要な案件なのでございまするな」

「さよう。極めて重大なことだ。放置しておいては、幕府の威信にも関わることだ」

真剣なまなざしになる大岡の言葉に、伊藤は生唾を飲み込んだ。

犬山と訪ねてきた昇太は、異様なほど怯(おび)えた顔つきで、一枚の小判を見せた。その手もぶるぶると震えていたという。

『これが如何(いかが)した。小判ではないか』

『偽金ではないかと思うのです……私は以前、金座で働いていたことがあります。それが縁で、両替商の手代になれたのですが、これは精巧にできておりますが、本物ではありません』

大岡は手にしてみて、まじまじと見たが、そうは思えなかった。見た目も重さも、刻印も特におかしなことはないからである。

『でも、これは金座で作られたものじゃないと思います。どこが、どう違うとは、うまく口では言えませんが、毎日毎日、小判を手で触れていた感じと違って、どうも変なのです』

そこまで言われても、大岡には分からず、犬山も偽金だとの確信は持てなかった。だが、昇太は違和感があることを繰り返した。

『で、この小判は何処で手に入れたのだ』

大岡の問いかけに、昇太は、店の蔵にある千両箱のひとつの中に、数枚が交ざって置かれていたと答えた。

『交ざっていた……?』

『はい。なので、主人や番頭さんに話そうとしたのですが、別の千両箱には、贋物ばかりがドッサリあり、封印紙に包まれた二十五両の束も、本当はいけないのですが、こっそりと開けてみたら、すべて偽物でした』

『すべて偽物……』

『もしかして、主人が何かまずいことをしているのではないかと、急に不安になりまして、以前より目をかけて下さっていた、犬山様にご相談したのです』

深刻な事態であることは、間違いなさそうだった。大岡は受け取った小判を、早速、金座に届けて、詳細に調べてみようと約束をした。そして、これが偽金だとして、『難波屋』の主人・儀右衛門が関わっている節があるのかと、尋ねてみた。

『確たるものはありません。主人や番頭さんも、偽金とは知らずに封印したり、一分金などと交換したりしていたのではないかと、思います。が……』

『が……?』

『私なんかよりも、銭金に触れる機会の多い主人たちが、何も気付かないのも変だと思いました。だからこそ、犬山様に……』

『話したのだな』

『はい』

『相分かった。もし、他にも気付いたことがあれば、逐次、伝えてくれ』

大岡は密偵として使ったわけではないが、昇太にはこれまでどおり、知らぬ顔をして奉公を続けるよう命じた。

「――なるほど……その昇太が殺されたとなると、もしかして、何かを探ろうとした、あるいは隠し事を知ったがために、殺されたのかもしれませぬね、お奉行」

緊迫した顔になった伊藤に、大岡は一枚の小判を差し出した。それを摑んでみたが、伊藤にも本物か偽物かの区別はつきかねた。

「金座役人に調べさせたところ、昇太の話したとおり、偽の小判だと判明した。実にそっくりに出来ているが、鉛の含有量が多いため、重さが違う。表面の紋様や刻印は本物そっくり、形も色も輝きも本物と見紛っても仕方がない。それほど表面の金塗りが優れているということだ」

「たしかに、分かりません……」

「よほど腕のいい職人の〝仕事〟なのだろうが、かような偽金が何十万両も世の中に出廻ったとしたら、えらいことになる」

「で、ですよね……」

「昇太が殺されたのは、この大岡の責任でもある。手早く調べ、店からすぐに辞めさせておけば、死なずにすんだやもしれぬ。下手人を挙げて、昇太の恨みを晴らしてやれ」

いつもは冷静な大岡が、怒りの感情に震えているようにさえ見えた。

「ですが、お奉行……かような重責、何故に私なんぞに……」

伊藤が恐縮したように尋ねると、大岡は険しい目つきのままキッパリと言った。

「万が一、相手がとてつもない大物だとしたら、真っ先に犠牲になるに相応しいのは、おまえだと思ったからだ」

「へっ……ど、どういうことですか……そんな、お奉行でも尻込みするような悪党の仕業ということですか」

「それが分からぬから、おまえに命じておる。手段は選ばぬ。真相を暴け」

「――は、はい……」

奉行直々に頼りにされたのは有り難いが、命を落とすかもしれない恐怖に、伊藤は打ち震えるのであった。

その夜、桃香は、猿吉と一緒に、昇太の身辺を調べるという名目で、ある武士の周辺を探っていた。

猿吉はすでに、昇太が関わっていたと見られる旗本を探り出していたのだ。その旗本とは、堀切鉄之信（ほりきりてつのしん）という勘定組頭（かんじょうくみがしら）である。勘定奉行直属の部下で、幕府の財務を預かっている重職だ。勘定や支配勘定らを束ねて、官吏としては優秀な者しかなれぬ。

その堀切が浮かんだのは、昇太が『難波屋』の手代の中では優遇され、個別に会っていたことが、何度かあったからである。

「堀切様は、金座担当の頃があった。それで、昇太を『難波屋』に世話をしたのも、堀切だとのことですが、一職人に過ぎない昇太を可愛がっていたのは、なぜなんでしょうね」

猿吉は疑念を抱いていた。むろん、桃香も猿吉もまだ、

――偽小判の疑いによって、町奉行の大岡が動いている。

ということは知らない。ただ猿吉の直感に、桃香も一枚乗った程度のことだっ

た。

「たしかに気になるわね。勘定組頭といえば、他の奉行らでも頭が上がらない役職。きっと、この殺しには何か裏があるわね」

「へえ、必ず。でなきゃ、伊藤の旦那が大岡様直々に呼ばれるわけがねえ」

「どういうこと？」

「だって、大した手柄もねえ伊藤の旦那ですぜ。ただの土左衛門を引き上げた事件なら、大岡様が乗り出すはずがありやせん」

「なるほど……大きな事件が隠されてるってことね。でも、それなら、伊藤様が呼ばれたのって、おかしくない？　そんなに頼りになる同心だっけ」

「いえ。大岡様の腹心である、内与力の犬山勘兵衛様が動いてるってのが、俺は実に気になるので」

「犬山さんが……たしかに匂うね」

と言いながらも、桃香は頼もしそうに微笑んだ。

岡っ引の猿吉、内与力の犬山、そして『雉屋』の隠居は、「桃太郎の子分たち」同様、桃香の有力な協力者だからである。

「——桃香さん、あれを」

猿吉が武家屋敷の勝手口を指さした。

人目を忍ぶように、家臣風の侍が出てきた。辻灯籠にうっすらと浮かぶ顔は、浅黒く切れ長の鋭い目つきだった。

その後ろから、侍数人に守られた武家駕籠がゆらゆらと現れた。塗り駕籠には、〝丸に違い鷹の羽〟の家紋がある。

「あの家紋は、堀切家のものだね」

桃香が囁くと、猿吉も小さく頷き返した。

誰もいない夜中に、いかにも曰くありげな雰囲気で歩き始める武家駕籠を、ふたりはそっと尾行した。

一方に歩き始め、掘割沿いの道を進み、小さな橋を渡って、日本橋川に出た。足場が悪かったのか、駕籠が傾いた弾みで扉が開くと——中には、頭巾をした羽織の侍がいた。

だが、目を閉じているようにしか見えなかった。すぐさま供侍は扉を閉めた。

その異様な不気味さの中で、堀切の家臣とおぼしき侍と、武家駕籠の供侍らは、お互い合い言葉めいたものを交わし、頷きあうとともに大川の方に歩き始めた。

土手沿いの道まで来ると、なぜか枯葦が広がる川岸の方へ向かって進んだ。そして、堀切の家臣が合図をすると、開かれた武家駕籠の中から、先程見えた頭巾をつけた侍が、供侍たちによって、引きずり出された。

「おい」

誰かが合図の声をかけると、まるで捨て犬のように枯葦の中に放り投げられた。

頭巾の侍はすでに死んでいるのか、体には力がなく、打ち捨てられても手足はダランとなっているだけで、微動だにしなかった。

あまりにも衝撃的な事態を目の当たりにして、桃香と猿吉は一瞬、尻込みしそうだった。だが、桃香は思わず立ち上がり、

「一体、何をしてるの、こんな所で！」

と声をかけてしまった。

猿吉はとっさに桃香の袖を引っ張った。が、桃香は手先で、侍たちの背後に廻れと指示をした。ギラッと振り返った侍たちの態度に、猿吉は手にした独楽に紐を巻きながら、足音を立てずに移動した。

「何奴だ——?!」

一斉に刀の鯉口（こいくち）を切った侍たちは、異様なほどの殺気に満ちた目で、ふいに現れた桃香を睨（にら）みつけた。

「娘……おまえこそ、何をしておる」

わずかに月明かりに浮かぶ娘姿の桃香に、頭目格の浅黒い顔の侍がゆっくり近づいてきた。他の数人の供侍や駕籠を担ぐ陸尺も身構え、じっと様子を窺っている。

「娘……いつから、そこにいる」

「堀切様のお屋敷から、ずっとですよ。夜中にコソコソ動き廻るのは盗っ人と相場が決まってるけれど、どうやら、あんたたちは人殺しのようですねえ」

「……」

「わざわざ頭巾まで被せてるけど、自分たちが殺した相手の顔を見たくないからっ」

桃香は適当に言ったが、当たらずとも遠からずらしく、侍たちに動揺が走った。

「どうやら図星のようね。ということは、やはり、堀切様が昇太っていう『難波屋』の手代も亡き者にしたんだね」

「おまえ……どこまで知ってる……何者なのだ……」

「さあ、誰でしょう。お月様にでも訊いてみたら、如何ですか」

「くらえッ」

侍のひとりが、いきなり斬りかかってきた。が、桃香は素早く避けて、腕を摑むと肘を逆に固めて投げ飛ばした。

〝若君〟として育てられた桃香は、武芸十八般に精通しており、男勝りな腕前であった。長刀(なぎなた)、刀術、槍術、居合、弓術、馬術、手裏剣術に鉄砲術など、あらゆる武術の鍛錬を重ねてきた。なまくら剣法など、桃香には通じなかった。

しかし、多勢に無勢、しかも武器も懐刀しかない桃香には、足場の悪い河原でもあり、侍たちは徐々に円陣を狭めてきた。

「小娘。おまえは何者だ。正直に言えば、命までは取らぬ」

頭目格の侍が口元を歪めた。

「人殺しにそう言われましてもねえ、どうせバッサリでしょうが」

「言わせておけば」

その侍が斬りかかろうと刀を振り上げた。その顔に、シュッと音がして独楽が飛んできて、軸が額に突き立った——葦原の陰から、猿吉が投げたのである。さらに、ふたつみっつと独楽が鋭い回転で飛んできては、侍たちの目や鼻、喉などを攻撃した。

「やッ。仲間がいたのか!」

怯(ひる)んだ隙に、桃香は侍たちに躍りかかり、鳩尾(みぞおち)などに当て身をし、奪った刀を峰に返して昏倒させたりした。

「これ以上、逆らうと、本当に斬るわよ」

桃香が凄(すご)むと、侍たちはわずかに怯んで、握っている刀を落とす者もいた。

「うあっ。なんだ、こいつは！」

陸尺たちは逃げ出し、頭目格の侍も後退(あとずさ)りして立ち去った。ふたりばかりの失神した侍を横目に、頭巾の侍に駆け寄った。抱き起こそうとすると、体中が血塗(ちまみ)れであった。頭巾を取ると、顔も分からないほど、メッタ刺しにされていた。

「――これは酷い……」

頭巾を被るような身分の高い侍ではなく、着物から見ても、痩せ浪人のようだった。桃香と猿吉は、昇太の殺しと関わりあるに違いないと確信をするのであった。

月が雲に隠れて、辺りはすっかり闇に包まれ、川の音だけが不気味に聞こえていた。

三

神田佐久間町の一角にある小さな長屋を、伊藤と松蔵が訪ねていた。松蔵は時折、伊藤が小遣いをやって、岡っ引として使っている、元はやくざ者である。体がでかくて、少し頭は弱いが、腕っ節だけは誰にも負けない。

ここは、昇太の住まいである。

戸障子には、忌中の張り紙があり、質素な室内には、粗末な喪服姿の女房・おせんが、虚ろな顔で座っていた。伊藤は此度の一件は、殺しであろうことを伝え、心当たりはないか訊いたが、おせんは何も知らないとのことだった。

子供はおらず夫婦ふたり暮らしだった。昇太は両替商の手代とはいえ、贅沢とは縁のなさそうな暮らしぶりだった。

「初めの頃は、住み込みで働いていましたが、私と一緒になってからは、ここに……仕事のことは、ほとんど話しませんでした」

「そうか……昇太は折り詰めに使うような紐が指に掛かっていたのだが……」

「え……？」

「心当たりはないか」

伊藤が紐を見せると、おせんはそれを手にとって、表情が変わった。すぐに棚の所へ行って、同じような紐を数本持ってきた。

「もしかして、これでしょうか……」

受け取った伊藤は、まじまじと見比べた。

「ああ、同じもののようだな。これは何に使う紐なのだ」

「分かりません。でも、金座職人のときに、仕上げのために使っていたものらしく、勤めていた思い出だとかで、何十本も持ってました。でも、今、残っているのはこれだけです」

「ふうん、そうかい」

伊藤は首を傾げながらも、

「これは預からせて貰うぜ。昇太が殺された手掛かりになるかもしれないのでな」

「――はい、どうぞ」

「もう一度、訊くが、近頃、変わった様子はなかったか」

「いえ、特には……」

と言いかけて、

「あ、そういえば、店から、こんなものを戴いたと……」

おせんはもう一度、棚の方へ行き、袱紗（ふくさ）に包んだものを大切そうに持ってきた。

そこには、小判が五枚あった。

「奉公先の『難波屋』のご主人から、特別に報奨で貰ったと話してましたが、私は小判なんぞ目にしたこともないので、驚きました。でも、主人は金座で働いていた頃は、毎日、拝んでいたから、何も感じないなどと、不謹慎極まりない話を……」

「これも、偽金なのかな」

「え……？」

不思議に思うおせんに、伊藤は大岡から聞いた話を簡単に伝えてから、

「昇太は偽金の秘密を知ったことで、何者かに殺されたかもしれないのだ。この小判は貰ったのではなく、昇太が店の蔵から取り出したものかもしれぬ。預かるが、よいな」

「は、はい……」

おせんは混乱したように、暗澹（あんたん）たる表情になり落ち込んでしまった。松蔵が慰

めの声をかけたが、失意のどん底といった様子で、

「――これで、おまえもしばらく暮らせる……そう言ってくれてたのに……何か悪いことに関わってたのでしょうか」

「そうではあるまい。だが、重要なことを知っていたからこそ、命まで狙われたのは、確かだろう」

伊藤は言って、おせんの顔を見やり、

「だが、これが偽物だとしたら、暮らしの助けにはならないな」

「かもしれませんね……亭主は、これを使うなら、両替商で一分金などに変えてからにしろって、何度も言いました」

「両替をしろと？」

「はい。小判なんて、私たちが持ってたら、何か悪いことでもしたんじゃないかって疑われるからって」

小判は商人が取り引きに使うもので、一般庶民は大きい貨幣でも一分金や二分金、ふだんは朱銀や銭を使っていた。

「でも、まさか亭主がこんなことになるとは思ってないし、両替なんて……」

伊藤は小判を眺めながら、何か考えていたが、そこへ、ひょっこりと、いかに

も調子の良さそうな若旦那風の男が現れた。

髷を少し片方に寄せて、ビッチリと椿油で練り固め、それが小粋とでもいうように、よく指先で撫でている。羽織と着物は、正絹の上物で、錦繍でもしたかのように、キラキラと光っている。

伊藤たちの顔を見て、若旦那風は少し吃驚したが、

「先客かい……これは八丁堀の旦那。ちょいとごめんなすって」

と敷居を跨いで入ってきた。

商人風なのに、何処か俠客っぽく振る舞っているが、線が細くて無理をしているふうにしか見えなかった。一言で言えば、

――色男、金と力はなかりけり。

というやつであろうか。

「おせんさん。此度は、大変なことだったねえ」

「あ、いえ……申し訳ありません……家賃のことなら……」

「いいんだよ。こういう事なんだから、今月や来月分くらいは、払わなくていい。これは少ないが、香典だ」

若旦那風はそれだけ言うと、線香を一本だけ上げて、立ち去ろうとした。

「おまえさんは、この長屋の大家さんかい」

「大家というか、地主です」

「地主……」

「日本橋本町界隈から、京橋、神田、湯島、八丁堀、橋の向こうの本所、深川辺り、江戸のあちこちに飛び飛びのように、てめえんちの土地があってね。大店や裏店に貸してるんでさ」

「ほう、そりゃ凄い……」

「もっとも、本業は深川の『信濃屋』って材木問屋といえば、分かるかな」

「ええ!?　こりゃ驚いた。そうでしたか」

伊藤は反っくり返りそうになった。『信濃屋』といえば、押しも押されもせぬ大店中の大店で、主人の徳左衛門は、江戸材木問屋仲間の肝煎りである。

「そうでしたか……いや、拙者、南町定町廻り同心の伊藤洋三郎という者。以前は、本所方も拝命していたことがあり、深川〝鞘番所〟にも詰めてました。『信濃屋』さんにも、何度か出向いたことはありますが……若旦那でしたか。会ったことはありませんね」

「ああ。しばらく京や大坂から、紀州、さらには名古屋、木曾、うちの親父の出である、信州駒ヶ根などに修業に行っていたのだ」

「ほう。そりゃ大変なご苦労をなさったのですねえ」

「――なんだね、私の身上調べかい？」

少し嫌な顔になった『信濃屋』の若旦那は、他に用事があるからと立ち去ろうとした。それに、松蔵が声をかけた。

「若旦那。ちょいとお頼みが……」

「なんでえ」

振り返る仕草も芝居がかっている。

「実は、これ崩したいのですが、もしよかったら……」

と今し方、おせんから預かったばかりの小判を、一枚だけ差し出した。

「え……？」

「両替商だと手数料がかかりますんで、もし手持ちがあれば……一分金で四枚とか」

「ああ、構わねえよ」

何のためらいもなく、若旦那は財布を取り出して、一分金四枚と小判を交換した。松蔵は大きな体を深々と屈めて、礼を言った。

「いい体してるな。大した稼ぎにもならねえのに、扱き使われてるんじゃねえのかい。よかったら、いつでもうちに来な」

「ありがとうございやす。せめて、お名前をお聞かせ下さいやし」

「おや、『信濃屋』と聞いても、俺の名を知らないのかい。俺も、まだまだだなあ……菊之助ってんだ、覚えておきな」

肩で風を切る仕草をして、木戸口を出ると花道でも歩くかのように立ち去った。

「――どういう人間なんだ、あいつは」

思わず伊藤が零すと、松蔵は鼻で小馬鹿にしたように、

「ただのバカ旦那ですよ」

と言って、四枚の一部金を、おせんに手渡した。

「こんなこと、されては……だって、あの小判は……」

「シッ。いいってことよ。あの若旦那には、痛くも痒くもないだろうからよ」

松蔵はニコリと笑った。その様子を見ていて、

「そうか！」

と伊藤は大声で手を叩いた。吃驚する松蔵の肩を突きながら、

「いいところに気付いたな、おまえは。誉めてやる」

「な、なんですか、急に」

「いいから、来い。そういうことだ、これは、そういうことだ」

なんだか嬉しそうに、伊藤は駆け出した。訳が分からず、松蔵は追いかけるのだった。

その足で来たのは、日本橋本石町の両替商『難波屋』である。

伊藤はたまに、この店にも立ち寄って、袖の下を貰っていた。妙な輩(やから)が因縁をつけてきたら追っ払うための、用心棒代である。三十俵二人扶持(ぶち)という微禄の町方同心は、こうした賄賂(まいない)を手にすることで、岡っ引も雇えるのである。

格子で仕切られた帳場の前に立つなり、番頭の喜兵衛(きへえ)に、伊藤は一両を押しやった。

「一分金に両替してくれないかな。あ、二朱銀も交ぜておいてくれ」

喜兵衛は一瞬、チラリと伊藤を見やった。

「なんだ。俺の顔に何かついてるか」

「あ、いえ……旦那が両替だなんて、珍しいと思いまして……てっきり、金を寄越せというのかと……」

「人聞きの悪いことを言うでないぞ。それはそれ、これはこれだ。だが、申し訳ないが、手間賃は引かないでくれ」

「それはもう……」

手早く傍らにある貨幣を分別している金銭箱から出すと、伊藤に差し出した。数えてから、微笑み返し、

「確かに……いつも悪いな」

伊藤が金を財布に入れたとき、奥から出てきた主人の儀右衛門が丁寧な態度で、挨拶をした。神経質で細身の喜兵衛に比べて、儀右衛門はさすが大店の主人らしく、でっぷりと肥えて風格があった。

「これは伊藤様。ご無沙汰しております。定町廻りに戻ったそうで、よろしゅうございましたな。本所や深川の方を廻っていたのでは、伊藤様の力量が発揮できませんでしょうし」

「相変わらず、世辞は上手いな」

「私は本当のことしか言いません。伊藤様には色々と助けて戴きました」

喜兵衛を払うような仕草をしながら、儀右衛門は代わって座に着き、差し出されたばかりの小判を手に取って、確かめるように掌で軽く転がした。

「――どうした、儀右衛門」

「なんだか、嫌な仕草だな。まるで俺が偽金でも持ってきたような態度ではないか。それは、俸禄で貰ったばかりの小判だ」

「まさか、疑ってなんかいません。それよりも、今後ともこの『難波屋』が何かありましたら、よしなにお願い致します」

そう言ってから、儀右衛門は気前よく別の一分金をそっと手渡した。一瞬、躊躇ったが、素直に受け取った伊藤は、

「悪いなあ。そういうつもりで来たんじゃないぜ、おい……」

「分かっております。両替にいらしただけでございます」

儀右衛門は意味深長な笑みを浮かべると、深々と頭を下げた。伊藤は素早く懐に金を入れると、松蔵を促して表通りに出た。その背中を軽く叩いてから、

「見たか、松蔵……あいつは明らかに、あの小判に何かを感じた」

「へえ。俺もちゃんと見てやした」

「偽金と気付いたら、何か動きをするはずだ。本物だと思えば置いておき、偽物だと思ったら、番所に届け出るに違いねえ」

「でやすよね」

「いえ、別に」

「それに、殺された手代の昇太のことは、一言も言わなかった……臭うだろう」

「へえ。すごく不自然でやした」

ふたりが振り返ると、店の奥の方に、怪しげな浪人が三人ばかり立っているのが見える。儀右衛門が何やら耳打ちをしている。

「おまえも気をつけろよ、松蔵……張り込みを頼んだぜ」

伊藤は大通りを堂々と立ち去ったが、松蔵は分かれて路地に入った。

四

南茅場町（みなみかやばちょう）の大番屋で待っていた桃香の前に、荒い息で飛び込んできたのは、犬山勘兵衛であった。首を左右に振りながら、

「残念だが、まだそいつの身許は分からぬな。しかも、堀切家は知らぬと言うておる」

と伝えた。

「そんなバカな。私はずっと目をつけてて、あとを尾（つ）けたのです。猿吉は今も見張ってます」

「相手は仮にも勘定組頭だ。大岡様も城中にて、直々に問い糺したそうだが、堀切鉄之信様自身は何も知らぬとのことだ。桃香と猿吉が見たという顔の家臣も、思い当たる節はないというのだ」

「嘘をついてるに決まってます。屋敷から出てきたのを、私たちははっきりと……」

「見たとしても、堀切様自身が知らぬことならば、それ以上のことは今の段階では、問い詰めることはできぬ……せめて、ひとりでも家臣を捕らえておくべきだったな」

昏倒させた家臣も、自身番に助けを求めて、打ち捨てられた死体を始末している間に、その場から逃げていたのだ。

桃香はそれでも食い下がった。

「捨てられた浪人は、どうだったのですか。身許が分からないのですか」

犬山は首を左右に振って、

「それだがな、高札に掲げたが、未だに有力な手掛かりは届いておらぬ」

と奥の土間に寝かされたままの、浪人の遺体に目を向けた。

「検屍を改めてしたところでは、駕籠で運ばれた浪人者の腕は後ろ手に縛られた上で、拷問を受け、顔も刻まれていた……桃香が見たとおりであれば、堀切様の屋敷の中で、なぶり殺しにされたのであろう」

「だったら、殺しに間違いないのだから、町奉行所はすぐにでも探索すべきでは？」

「それが、色々とあるらしくてな……」

「色々ってなんですか」

「そう、なんでもかんでも喋ることはできぬ。これでも内与力だからな」

内与力とは、町奉行の家臣であって、奉行所の役人ではない。ほとんどのことは耳に入っているが、直に町政に関わっているわけではない。ましてや、定町廻り同心のように事件探索をする立場でもない。とはいえ、奉行の側近であるから、大きな権威はある。

犬山は、持参した風呂敷から、財布を差し出した。

「これには……」

財布から、犬山は一枚の小判を取り出して、桃香に見せた。受け取ってみたが、桃香は小首を傾げただけだった。

「この財布の中に、十枚入っていた」

「浪人には縁のなさそうな小判の束ですね」

「そうではない。実はな……」

偽小判であることを話し、昇太の殺しとも関わりがあり、そのことについて、伊藤たちが探っていることも伝えた。

「ええ、そんなことが……!?」

猿吉から、伊藤がお奉行に呼び出されていたことは聞いていたが、そのような秘密があったのかと改めて思った。

「ということは、昇太とこの浪人の死は、偽の小判と関わりがあるということですか。しかも、勘定組頭の堀切様にも繋がりがあるってこと……!?」

「そう先走るでない。このことは、まだ内偵中だから、心に留めておいて貰いたい」

と言ってから、犬山はシマッタという顔になった。もう桃香は、疑惑を解明しようという顔に満ち満ちているからだ。

その時、番人が、手っ甲脚絆姿の母子連れらしいふたりを招き入れてきた。

中年の武家女と、その息子らしき若侍であった。まだ十三、四歳であろうか。

犬山に頭を下げてから、番人に案内されて奥の土間に入ると、「ああ!」と号泣の声が上がった。どうやら親族らしかった。

すぐさま、桃香と犬山が行くと、母子は身を投げ出すように死体に取り縋(すが)っている。若侍の方は激しく、

「父上！　父上、なぜ、かような姿に！　ああ、父上え！」

と人目憚(はばか)らず大泣きした。

だが、武家女の方は涙を拭いながら、ゆっくり立ち上がると、犬山に深々と頭を下げた。この場で一番、偉いと思ったのであろう。大番屋には、吟味方与力や同心が詰めている。が、大岡の腹心ということで、吟味方たちも犬山を立てた。

「大岡様の……これはこれは……大変、お世話になりました」

武家女はさらに丁寧に挨拶をして、まだ泣いている若侍に向かって、

「これ、小太郎(こたろう)。見苦しいですよ」

と制してから、毅然と犬山に向かって名乗った。

「私は、佐和(さわ)と申します。この亡骸(なきがら)は、私の夫で、秋月兵部(あきづきひょうぶ)に間違いございませぬ。元は、上総佐貫藩(かずささぬきはん)の藩士でございます」

「――上総佐貫藩……」

桃香は口の中で呟(つぶや)いたが、譜代大名で藩主が阿部駿河守(あべするがのかみ)くらいしか思い浮かば

なかった。家康の近臣が藩祖で、元禄年間には、五代将軍綱吉の側用人・柳沢吉保が支配していたことくらいか。柳沢が武蔵国川越藩に転封されてからは廃藩となり、幕府直轄となっていた。が、三河刈谷から阿部が入封してから、綾歌藩と同じく、奏者番や寺社奉行を担う家系だったが、これといって話題になった藩ではない。

「訳あって、もう三年近く前に、藩籍からは離れ、江戸にて仕官探しをして、浪人暮らしをしておりました」

「仕官探し……ですか」

犬山は深い溜息をついてから、佐和に言った。

「ご主人の秋月殿は、公儀勘定組頭の堀切家……から出て来たのを見た者がおります。ですが、堀切家の当主は知らぬと申してな……何か心当たりはありませぬか」

「堀切……」

佐和は呟いたが、まったく表情は変わらなかった。その顔を、桃香はじっと見ていたが、佐和は、ただ分からないと答えた。

「ここで仕官の口を得たとか、ではありますまいか」

念を押すように犬山が聞いたが、

「存じ上げませぬ。ただ、秋月は世が世ならば、大名になっていたかもしれぬ武門。夫の兵部は、人に恨まれるようなことをする武士では、決してありませぬ」

と毅然と言う佐和に、武家女としての矜持と内面の強さを感じた。犬山は詳細は町奉行所で引き続き調べると言うと、

「それには及びませぬ」

と、これまた毅然と断った。

「何があったか知りませぬが、武士たるもの、不覚を取って殺されるくらいなら、切腹を選ぶもの。夫も下手人探しよりも、かくなる上は潔く、葬られることを望みましょう」

「切り刻まれた顔を見ても、そう思うのですかな」

犬山が問い返すと、佐和はやはりキッパリと断り、屋敷に連れ帰ると言った。

「屋敷……」

「実家は、下谷大名小路にあります」

「奥方様の実家ですか」

「はい。実は、夫は入り婿でございまして、秋月家は江戸市中に……墓地も」

「さようでしたか」

「ですから、人足を呼んで下さいませぬでしょうか。まずは連れて帰りとう存じます」

「分かりました。が、人殺しには間違いないゆえ、下手人を探すのは町方の務め。こっちはこっちで、やらせて貰うことに」

事件をうやむやにするわけにはいかぬという姿勢を、犬山は見せた。佐和は何も言い返しはしなかったが、進んで真相解明をするつもりもなさそうだった。

そんな様子が、桃香には異様に感じた。佐和とは違って、父親の亡骸に縋りついたままの小太郎の姿は若侍というより、小さな子供のようだった。

その頃、伊藤は――金座を訪ねていた。勘定奉行の管轄だが、見廻りは町奉行所が担っていた。此度の昇太殺しについては、偽金作りと関わりがあるのだ。奉行同士が話をつけていた。

伊藤は、昇太と仲良しだった職人を探していたのだ。金座を辞めた昇太が、偽金作りを依頼したとも考えられるからだ。

もっとも、金座の中でそれを行うのは、到底無理だ。金改役（きんあらためやく）のもと、吹所（ふきしょ）での精錬、鋳造から、刻印、色付け、出来上がった金貨の鑑定、封印して包むまで、十数もの部局で管理されて作られる。最後は金座後藤(ごとう)家の刻印がなされ、出来上がった封印小判は、その日のうちに御用蔵に運ばれる。金座の中で偽金を作ったり、枚数を誤魔化すことは不可能である。

だから、小判作りに精通した職人が、何処かで密かに行っているとしか考えられない。犬山はそう思って、特に昇太と仲が良かった職人に聞き込みをしていたのだ。

そのうち、怪しいのが三人程浮かび上がったが、末吉(すえきち)という男だけが、元は金座の職人だったが、辞めている。もっとも、昇太が辞める数年も前のことだから、『難波屋』に奉公してからの昇太と、今も繋がりがあるかどうかは不明だった。

「末吉……な」

伊藤がその元金座職人の住まいを探して来たのが、深川洲崎十万坪(すさきじゅうまんつぼ)という辺りにポツンとある荒れ屋同然の一軒家だった。元々は、材木置き場の番小屋だったという。

探していた末吉は、この粗末な家に、女房とふたりだけで住んでいた。

広めの土間には、様々な金銀の細工物を作る道具や型、ちょっとした炉などがあり、生真面目そうな四十絡みの男が働いていた。手伝いをしているのは、まだ寺子屋を終えたばかりの小僧で、内弟子のようだった。

「ごめんよ」

声をかけて伊藤が入ってきたが、末吉は振り返りもしなかった。

「末吉は、おまえかい」

もう一度、声をかけたが、職人風は知らぬ顔をしている。トンカンと金槌(かなづち)で炉から出したばかりの溶鉄を叩いていたせいかもしれぬが、まったく気付く様子がなかった。

だが、小僧の方が先に伊藤を目にして、末吉の肩を叩いた。

「あ、これは……」

末吉は手を休めて、伊藤の方へ近づいてきた。身振り手振りが大袈裟(おおげさ)で、

「相済みません。長年の仕事のせいか、耳がちょいと遠くなりましたもので。失礼をば致しました」

と真面目な職人らしく、汗を手拭いで拭きながら、丁寧に挨拶をした。耳が遠いせいか、自分の声は少し大きい。

「聞きたいことがある。昇太って男を知ってるか」

「はあ……」

「昇太って、金座にいた職人だ」

伊藤は末吉の耳元に近づき、少し声を大きくして訊いた。

「へえ、昇太なら、存じてます。近頃、会ってませんが、どうかしましたか」

「殺されたよ……殺されたんだよッ」

「ええ——?!」

末吉は仰天して、足下にあった道具を誤って踏んでしまった。

その時である。

家の奥から、握り飯を皿に盛って来た女房らしき女が、伊藤の顔を見るなり、アッと驚いて落としてしまった。明らかに動揺しているのを、伊藤はギロリと見た。

慌てて握り飯を戻そうとするが、土間ですっかり汚れており、皿も割れていた。

「も、申し訳ありません……」

俯（うつむ）いたままの女房を、伊藤は「何かあるな」という目で凝視していた。

五

「怖がることはねえ。俺は、昇太という元金座職人で、両替商『難波屋』の手代になった奴のことを訊きに来たんだ」

伊藤が説明をすると、女房は申し訳なさそうに後片付けをして、奥に引っ込んでしまった。それを見送りながら、

「かみさんは同心嫌いかい」

と訊いた。

「いえ、そういうわけでは……旦那のような人に慣れてないだけかと思います」

「どういう意味だ。たしかに、商家なんかじゃ、同心にうろつかれちゃ、商いの邪魔になると毛嫌いされるがな。職人なんだからよ、何か悪さでもしてなきゃ、避けることはあるまいに」

暗に、偽小判作りをしているのではないか、と臭わせる言い方をしたが、末吉は特に反応は見せなかった。いや、耳が少し遠いから、はっきり聞こえなかっただけかもしれない。

昇太が殺された経緯を、伊藤は簡単に話してから、

「単刀直入に訊こう。おまえは、昇太に偽金作りを頼まれたのではないか？」

と睨みつけた。

わずかに末吉は目を逸らしたが、首を横に振った。

「正直に言った方が身のためだぜ」

「……」

「おまえが六年程前に、金座を辞めたのはなぜだい」

「それは……世間で思われている以上に、大変な仕事だからです。たしかに給金は、結構なものを戴いてましたが、私は担っていた鋳造から、時に吹所に廻されて、ご覧のとおり酷い火傷をしたのがキッカケでした」

末吉は左腕の肘から二の腕にかけて、まだ痛々しく黒ずんだ火傷の痕を見せた。伊藤も思わず目を背けたくなるほどだった。

「そりゃ、大変だったな……だが、俺が一応、下調べしたところでは、その頃、おまえは金を数両、盗んだそうじゃないか」

「！……」

「小判の型は、丁度、枝に広がる葉っぱのようになっていて、大きさによって、

二十両、四十両、六十両のがあるそうだな」

「今は知りませんが、その時々で変わったと思います」

「もし不良品があれば、鋳直すのではなく、破棄するらしいな。もちろん、それは別の炉で溶かしてしまうが……おまえは、その不良品を数枚、いや数十枚も持ち出した疑いがあったと、上役の藤兵衛という者が話していた」

「まさか。金座の管理は厳しく、そんなことができようはずがありません」

「不良品を検査する役職に、おまえもいたことがあるだろう。それに、おまえは金座を辞めた後、さる旗本屋敷の別邸の中間部屋で開かれる賭場で、気前よく、遊んでたらしいじゃないか」

「そりゃ、憂さ晴らしくらいしたいですよ。窮屈で気を使う職場でしたから」

「賭け事だけでも御法度だが、ま、それはこの際、大目に見てやるが……素人が見ても、本物か偽物か区別のつかぬ小判を、おまえはあちこちで両替して、賭け事や飲み食いに使ったのではないのか」

「……」

「図星だ。そうだろう」

ネチネチと言い寄る伊藤に、末吉は辟易としていたが、首は縦に振らなかった。

そんな様子を、また奥から、虚ろな目で、女房が見ている。視線に気づいた伊藤は、嫌らしい目つきを返した。

「化粧気はないが、なかなかの別嬪じゃねえか。名前はなんという」

「……」

「名無しの権兵衛か。言えば何かまずいことでもあるのか……深川の七悪所と呼ばれる所で、春をひさいでいたとか」

嘲る言い草の伊藤の前に、サッと庇うように末吉は立った。手には熱を帯びた梃子を持ったままである。

「なんだ、その面は」

「――女房は、そんな女じゃねえ……名は、お清……清らかな清だ」

ムキになって答えた末吉の肩を、軽く押しやって、伊藤はお清に近づいて、まじまじと顔を見つめた。

「お清、な……覚えておこう」

「……」

「今、おまえの亭主は、偽金作りに手を貸したんじゃないかと、疑られてる」

伊藤は一枚の小判を、目の前に放り投げた。チャリンと響く小判を、末吉は拾い上げると、目を見開いて凝視した。

「南町奉行の大岡様が、直々に探索していることだ。しかも、ある勘定組頭までが関わってる節がある」

「勘定組頭……」

末吉は驚いた目になって振り向いた。

「誰か心当たりがあるのかい」

「あ、いえ……昇太がそんなことを、言ってたような気がして……」

「おや？　しばらく会ってなかったんじゃないのか」

剔（えぐ）るような目に変わった伊藤に、末吉は土間の端っこに座り込み、何か言おうと迷ったように頭を抱えていた。

「昇太が殺され、また関わっていたらしい浪人までもが、消された……もしかしたら、次は、おまえたち夫婦かもしれねえ」

伊藤は〝夫婦〟という言葉に力を込めた。犠牲になるのは、重大な秘密を知っている末吉だけではなく、妻にも及ぶと脅したのだ。末吉はじっと耐えるように震えていたが、

「分かりました。知ってることは、お話しします。ですから、どうか、私はとも

かく、女房のお清を守ってやって下さいまし」

「ああ、分かったよ。任せな」

末吉は大きく息を吸い込むと、訥々(とつとつ)と話し始めた。

「――あれは、一年程前でした……」

雨がざんざん降る夜、突然、昇太が現れて、助けて欲しいと頼んだ。用件を訊くと、小判が改鋳になって、新しくなるので、その鋳型を作って貰いたいということだった。

『新しい小判の鋳型を……どういうことだ、昇太。偽金でも作るつもりか』

『そうじゃねえよ。うちの主人が金座の後藤家に頼まれたらしいんだ』

『後藤家に……』

『ああ。知ってのとおり、うちは公儀御用達で、旗本や大名の金や御用地などの取り引きも扱ってる大店だ。つまり、新しい小判の作例が欲しいとのことらしい』

新しい貨幣に変えるときは、その意匠や大きさ、重さ、輝き具合、金銀などの含有率などを検討してから、本物を作る。

『そんなものなら、後藤家がやるのではないのか。なぜ、俺なんかに……』

『そりゃ、兄さんが元は金座の腕利きの職人だったからだろうよ』

昇太は一枚の現在使われている〝本物〟小判を差し出して、

『それこそ、近頃、偽の小判が出廻っているので、御公儀は作り替えたいらしいのだけれど、この紋様とか裏に付いてる波の数や、大きさを微妙に変えたいとか……それを一枚分だけの鋳型でいいんだ。枝葉はいらねえ』

『――なんだか、やばくねえか』

『そんなに信用できないのかい……うちの店の主人のことが』

昇太は『難波屋』の名を持ち出し、主人の儀右衛門から預かったという、十両の金子も差し出した。

『これは手間賃だ。兄さんのことを、江戸で指折りの金細工師と見込んでのことだよ』

何度も昇太は繰り返すので、末吉は一回こっきりで、ひとつだけだぞと断ってから、鋳型を作ることを約束した。

作ったのは、硯くらいの大きさのものを一枚だけで、試しに流し込んだ鉛と錫の〝混ぜ物〟は、薄い金の上塗りをすれば、それなりに立派に見えた。

数日後、昇太は喜んで持ち帰ったが、その後、一度だけ、主人に誉められた礼だと言って、菓子包みを持ってきた。それからは来ていないという。

——そこまで、末吉は話して、本当にそれ以上のことは知らないと言った。

「でも、もし……俺が作った鋳型が、新しく出来た小判の、偽金として使われてるとしたら、俺は……とんでもないことをしたことになる……旦那、俺はどうしたら……」

「さあな。お奉行が決めることだが、今のところは、黙っておいてやる」

伊藤はニンマリと笑いかけた。

「別に、おまえが偽金を広めたわけじゃあるまい。だが、偽金作りは死罪だ。知らずにやろうとも、な」

「ああ……俺たちはどうなるんだ……！」

絶望のどん底に堕ちたように、末吉は座り込んだ。その側に、お清は寄り添い、背中をそっと撫でた。

その時——。

ぶらりと、菊之助が入ってきた。材木問屋『信濃屋』の若旦那である。

「おや、また会いましたな。たしか……南町の伊藤の旦那」

「なんだ、おまえ。俺を尾けてるのか」

「まさか。この辺りは材木置き場も含めて、ぜんぶ、うちの地所ですぜ。この番小屋もうちのものです」

「あ、そうだったか……」

「てことで、ごめんなすって」

菊之助は、お清に近づくと優しい声で、

「体は良くなったかい。風邪だからって油断しちゃならねえ。我慢すりゃ、肺病にだってなるからな。無理しちゃいけねえよ。薬についちゃ、深川養生所の藪坂先生に話しておいたが、足りないものがあったら言っとくれ。何でもするからよ」

と労(いたわ)るように言った。

先日見た様子とは少し違っている。伊藤は訝(いぶか)しげな顔になって、菊之助に訊いた。

「おまえさん、見た目と違って、意外と親切なんだな。この前は、昇太の女房、おせんに家賃を免除した上で、香典まで届けた。若いのに、大したもんだぜ」

「店子(たなこ)を大切にするのは、家主や地主として当たり前じゃないか」

そう言ってから、菊之助は末吉に尋ねた。

「何か、この旦那に厄介なことでも言われたのか？」

「あ、いえ……」

「面倒なことになりそうだったら、相談しなよ。大概のことは金で片付くからよ。それに……俺は会ったことがねえのは、将軍様くらいで、幕府のお偉方には顔が利く」

チラリと伊藤を見てから、

「うちの店子にちょっかい出すなら、それなりの覚悟で来て下せえよ」

と菊之助は立ち去ろうとした。その背中に、伊藤は声をかけた。

「若旦那……また申し訳ないが、これを細かくしてくれぬかな。もちろん、今度は手間賃を取っていいから」

一両小判を差し出した。先日と同じように、財布から、一分金などを出して交換してやった。そして、微笑みながら、

「よう、伊藤の旦那。この一両小判は、偽物だ。この前のもそうだ」

「えッ……?!」

「知らないで使ったのなら仕方がねえが、承知の上で、こんな真似をしたのなら、後ろに手が廻りやすぜ」

「……」

返す言葉がなくて黙っている伊藤を、菊之助はまた芝居がかった態度と声で、

「これは預かっておくぜ。いずれ天下の白日の下に晒（さら）されたときには、アッ、立派な証拠になるわいなあ。テテテン」

と鼻歌混じりに立ち去った。

——もしや、あの時も承知の上で……。

伊藤は勘繰ったが黙っていた。だが、末吉に縋りついて、異様なほど怯えている女房のお清の姿が、伊藤には気になっていた。

六

秋月家累代の墓と彫られた立派な御影石の前に、佐和がぽつねんと佇（たたず）んでいた。まだ夏の名残（なごり）の風がそよいでおり、雑草の小さな花もちらほらあった。

墓の廻りでは、中間とおぼしき初老の男がまめまめしく働いている。身形（みなり）は貧しいが、黙々と動く姿には、武家に仕える自信とともに、主人を亡くした悲しみや怒りに包まれているようにも見えた。

「亀助や……こっちにも水を……」

と中間に声をかけようとしたときである。

小さな花束を持って、桃香がひとりで歩いてきた。その人影に気付いた佐和は、
あっとなり軽く頭を下げた。

「──先日、大番屋におられた……」

佐和から声をかけたが、明らかに訝しんでいる様子だった。

桃香は墓前に花を供え、線香をつけて深々と拝んでから、佐和を振り返った。

「私は、大岡様の内与力、犬山様に縁のある者でございます。女だてらに、町奉行から直々に御用札と十手を拝領し、事件探索の一端を担わされたりしております」

帯に挟んでいる十手がキラリと光っている。

「事件探索……」

嫌悪する表情になった佐和だが、我慢するように唇を嚙みしめて、

「どこのお嬢様か存じ上げませんが、まさしく女だてらに……でございますね。でも、私の夫のことならば、あの時も言いましたが、もう結構でございます」

と言った。

　だが、桃香は自分が関わった経緯を述べてから、

「昇太という元金座職人で『難波屋』手代、そして、秋月兵部様の死に、たまたま出くわしてしまったのです」

「だからって、あなたが出しゃばることではないかと思います」

「出しゃばる……」

「夫は切腹したも同然と話しましたとおり、もう放っておいて貰いたいのです」

「そうはまいりません」

　桃香はキッパリと言った。佐和はそれが不思議でたまらず、

「どうしてですか。夫と縁もゆかりもないあなたが、何故に関わろうとするのです」

「他にも死人が出るかもしれないからです」

　曰くありげに、桃香は佐和を見つめて、おもむろに話を続けた。

「秋月様の死の裏には、偽金作りに纏(まつ)わる大きな陰謀があるかもしれません。色々と調べていると、『難波屋』という両替商と、秋月様が仕官なさろうとしていた勘定組頭の堀切鉄之信様は、繋がっているようなのです」

「繋がっている……」

「おそらく、殺した連中は同じでしょう。私も襲われましたからね。相手の顔は、よく覚えております」

日焼けした切れ長の侍の顔は、桃香には忘れられなかった。だが、堀切の家中にはそのような者はいないとのことだ。むろん、嘘だとは分かっているが、再び現れたところを捕らえない限り、堀切は嘘を通すであろう。

「私は、堀切鉄之信様こそが、黒幕だと思っております」

「――そんなこと……どうでもよいことです」

「ご主人の死が気にならないのですか」

「それは……」

「どっちにしても、偽金作りには、幾ばくかの金が必要です。それを何処から手に入れているかが、気になりませぬか」

唐突な問いかけに、佐和は特に何も答えなかった。

「私はなりました。調べてみたら、すぐに得心することがありました。これは、秋月兵部様ともまったく無縁ではありません」

桃香の持って廻ったような言い草に、佐和は少し気になったのか、目尻がピクリと動いた。墓の掃除をしていた中間も手を止め、腰を上げて振り向いた。

「伊豆に金山があるのを、ご存じですか」

「さあ……」

「御公儀の直轄では、佐渡金山がよく知られてますが、江戸からさほど遠くない所にあるのです。伊豆の土肥です」

ここは、その昔、足利幕府の直轄領であり、天正時代になって、大横谷、日向洞、楠山、柿山、鍛冶山の五ヶ所が開かれた。その後、徳川家康が天下を取った直後、慶長年間に大がかりな採掘をされた。初代の金山奉行は、かの佐渡奉行の大久保長安だった。

その当時は、優れた掘削術や水抜き法をもって増産して、人家も増えて盛況を極めたが、元々、鉱脈が小さかったのか、産出量はあっという間に下がり、寛永年間には休山となってしまった。

「でもね……堀切鉄之信様は、勘定組頭になる前は、下田奉行をしてました」

下田奉行とは、伊豆下田の港湾の警備や船舶の荷物の監督、検査をするのが主な仕事だ。周辺の年貢などの取り立てや防犯、様々な民政に取り組む遠国奉行のひとつであった。千石の役高があったから、同じ旗本の役職であって、役高がわずか三百五十俵に過ぎない勘定組頭と比べても破格であった。

とはいえ、幕府財政を取り仕切る勘定奉行の下で、勘定所という江戸城中での〝御殿詰〟である。御勝手方をはじめ、帳面方、御取箇方、さらには評定所に出向し、関係部署の最高指揮官として、配下の勘定衆を従える。いわば、勘定所の事務方の筆頭役であるから、その権威は遠国奉行とは桁違いであった。

「勘定所、生え抜きの役人ではない堀切様が、何故、勘定奉行直属の役職に就けたか……というのは、かなりの賄賂を渡したからという風聞は、実は前々からありました」

むろん、今の勘定奉行・安藤主計亮にも、かなりの金が渡っているという。桃香は淡々と、物語のように堀切の噂話を伝えた。

「賄賂の出所は、下田奉行であった折に蓄えたものだとか……遠国奉行にはなんらかの特権があって、長崎奉行などは一度務めると、生涯にわたって贅沢できるほど蓄財できるとか」

「……」

「ですが下田は、どこもただの寒村。湊に出入りする回船から幾ばくかの〝割り前〟を貰ったとしても、たかが知れてる」

「もしかして……」

佐和の方から声をかけてきた。

「閉山になっている土肥金山から、隠し掘りをした……とでも？」

「さすがは、秋月様の奥方様……つまり、そういうことです。密かに掘り出した金を蓄財に充て、今の地位を得たのです」

それが事実であると、桃香ははっきりと言った。

「もう言わなくてもよろしいですよね。その急な出世の階段を登るときに、下田奉行の家臣として支えていたのが、あなた様の夫、秋月兵部様です」

「……」

「違いますか。秋月様は……まだ私もきちんと調べておりませんが、堀切様の手伝いをしていた。そのことを、あなたもご存じだったのでは、ありませんか」

桃香は、亡骸を見たときの決然とした佐和の顔を覚えている。息子の小太郎が取り乱して泣いたのに、母親の方はまるで、こういう事態も覚悟していたかのような態度だった。

「——違いますか……あなたは、何もかもを知っていた……」

「知りません」

佐和は秋月家の墓を見上げた。その横顔を見て、桃香は言った。

「夫の敵を討つつもりなのですね」

「……」

「亡骸と対面したとき、あなたはすべてを察した。だから、夫は切腹したのだと割り切り、事の真相よりも、仇討(あだう)ちを選ぶ覚悟をした。そうでしょ、佐和さん」

顔を背ける佐和に、桃香は訴えた。

「本当に……堀切様が、仇討ちの相手なのでしょうか」

「え……？」

今度はすぐに振り返った佐和の顔は、わずかだが疑念に満ちていた。桃香は相手を説得するように続けた。

「秋月様と堀切様との間に何かあったのは事実でしょう。土肥の金山の秘密も、共有しているに違いありません。偽金作りもしていたのでしょう……でも、仮にも勘定組頭という要職にある人が、保身のために簡単に昇太を殺したり、秋月様を亡き者にしたり、そんな酷いことをするでしょうか」

「……」

「真相は私にもまだ分かりません。だからこそ、一刻も早く証拠を探して、この手に摑みたいのです」

「……その証拠探しとやらを、町方がやったところで、どうなります。揉み消されるのがオチです。夫を直に手をかけたのが誰であれ、堀切様の指図なら、同じことではありませぬか」

「そのこと自体が、まだ不明だと申してるのです」

「いえ、偽金作りに堀切様が関わっているのは確かなこと。私も、ただの武家娘ではありませぬ。それくらいのことは、キチンと調べております」

キッパリと断言すると、墓の側にいた中間も小さく頷いた。

「でもね、奥方様……私が許せないのは、偽金作りよりも、何の力もない職人や浪人たちを、虫けらのように殺した奴の方が憎い……武門の面子（メンツ）よりも、人の命をなんとも思っていない奴らを、引きずり出したいのです」

桃香も負けじと強気で言ったが、佐和の方も「譲るつもりはない」とばかりに険しい目を向けていた。

ふたりが激しい火花を散らすのを——離れた小径から、小太郎がじっと見ていた。

「母上……」

その憂いのある表情には、まだあどけなさが残っている。だが、敢然と心に決めた何かがあるのか、瞳は輝いていた。

七

冷たい夜風が忍び込んでくる。遠くから海鳴りのような音も聞こえる。ガタガタと壊れかけた軒も揺れている。

末吉はまったく眠れないのか、真っ暗な部屋の中で、息を潜めるように黙ったまま、天井を見上げていた。

「――おまえさん……」

夫の異変に勘づいたのか、寄り添って寝ていたお清は体を起こして、顔を覗き込んだ。末吉は背中を向けて、

「なんでもねえよ。おまえが案ずることじゃねえ」

「でも、あの同心が来てから、ずっと顔色が悪い。心配事があるなら、ここにいるのが怖いのなら、何処か余所へ行きましょう」

「えっ……」

何を言い出すのだという顔で、末吉はお清を見た。闇の中だが、その頰を撫で

るだけでも、切羽詰まった様子が分かる。

「余所へって、逃げなきゃいけないことは何もしてねえよ」

「分かってます。でも、ここにいたら悪い事が起こるような気がするのです」

「もしかして、おまえまで、俺が偽金作りとやらに関わっていると思ってるのかい」

「いいえ、まったく」

「たしかに昇太に頼まれたことに、忸怩たる思いはあるがよ……人に後ろ指さされることはしてねえ。だから、逃げることはねえよ。俺はこれまでどおり、ここで……」

仕事を続けると言いかけたとき、表戸が乱暴に叩かれる音がした。同時に、裏手の雨戸も激しく材木か何かで打ちつけられる音がした。海風のせいではない。尋常ではない様子だった。

暗い中で抱き合った末吉とお清は、迫り来る恐怖を感じた。

「――誰……！」

子猫のように震えていたお清の目が、しだいに獣のそれに変わってきた。末吉には見えていないが、暗闇の中で燦めいている。

「押し込め」

野太い声と同時に、複数の男たちの返事が響いて、ドスンドスンと家全体が揺れたかと思うと、表戸が丸太で突き破られた。轟音と共に、柱の一部が折れると、番小屋自体が傾いた。

末吉はお清の手を引いて逃げようとしたが、裏手からも激しい音とともに、雨戸をこじ開けて乗り込んでくる人影があった。

「ふたりとも、始末しろ」

同じ野太い声がすると、浪人姿が二、三人とならず者風が数人いた。

「だ……誰だ……」

懸命に問いかける末吉に、相手は答えるつもりもないようだ。とにかく手早く夫婦を、この場で殺して、塵芥のように海にでも沈めるつもりであろう。その殺気が伝わってきて、末吉はとっさに足下にあった鏝を手にした。

「無駄だ」

浪人のひとりが抜刀して、末吉に斬りかかったとき、ウッと呻いて、その場に崩れた。刀を落とし、苦しみ始めた。

乗り込んできた奴らは、何事かと一歩、退いた。

脇腹を押さえて藻掻(もが)いている浪人の傍らに、血濡れた包丁を握って立っているのは——お清だった。顔に浴びた返り血を、壊れた雨戸の隙間から差し込む月光が射している。

「お、お清……！」

驚いたのは末吉の方だった。すぐに駆け寄って、手にしている包丁を奪い取ろうとした。その背後から、頭目格の浪人が怒りの形相で抜刀して斬りかかろうとした。

そこへ——。

猛牛のように突進してきた松蔵が、頭目格の浪人を突き飛ばした。それでも刀を抜こうとする手首を十手で叩きつけた。骨が折れる音がした。

「やいやい。俺はずっと、てめえらを『難波屋』から張ってたんだよ。白(しら)を切っても無駄だぜ、おい！」

もう一度、頭目格の浪人の頭を十手で打ちつけて昏倒させてから、もうひとりの浪人に突っかかった。思わず後退りした浪人は敷居に踵(かかと)を取られて、仰向けに倒れた。その上から勢いよくドンと踏みつけ、さらに大きな平手を食らわせた。

この浪人も失神したものだから、他のならず者風らは、こけつまろびつしながら、闇の中に逃げ去っていった。

ギラリと振り向いた松蔵は、末吉に包丁を渡せと言った。

「違う……これは、俺がやったことだ……お清じゃない。俺がやったことだ」

「いいから、渡しな」

松蔵に言われるままに、末吉は従った。

「血を洗い流してから、番屋に来て貰わなきゃなるめえが、悪いようにはしねえよ」

俯いたままのお清に、松蔵は優しく声をかけた。修羅場となった室内を見廻せば、押し入ってきた凶悪な奴らに抵抗したのは、やむを得ないようにしか見えなかった。

すぐさま、〝鞘番所〟や自身番から、番人らが駆けつけてきて、浪人を縛り上げ、牢部屋に閉じこめた。この牢部屋が、鞘のように細長く狭い所を仕切られ、鰻の寝床のようだから、〝鞘番所〟と呼ばれている。

腹を刺されて叫んでいる者もいたが、よく見れば大した怪我ではない。検分に来た藪坂先生も、適当に処置して帰った。

土間に座らされている末吉とお清夫婦は、魂が消えたようだった。

その前には、後から駆けつけてきた伊藤が、険しい表情で向かい合っていた。本所方与力も立ち会っている。

「とんでもねえことをやらかしたな、末吉……返り討ちと聞いたが、理由はどうであれ、人を刺せば、それなりの咎を受けねばなるまい。覚悟はできてるな」

伊藤が迫ると、珍しく松蔵が逆らって、窘めるように言った。

「相手はぜんぶで、七、八人いやした。しかも、問答無用に殺されそうになったんでやすから、罪にはなりやせんよね」

「相手の親族が赦免を請えば、中追放で済むがな……」

中追放は田畑や家屋敷は没収されるものの、家財だけは残される。だが、武蔵や山城、摂津、大和、駿河、東海道、木曾路、日光道など、主立った大きな町や村での暮らしはできない。それでも、厳しすぎるのではないかと、松蔵は庇うように言った。

「後は、お奉行の判断次第だ……それより、松蔵。捕らえた浪人どもは、『難波屋』の用心棒らに間違いないんだろうな」

「未だに口を割ってやせんが、後で拷問をかけてやりますよ」

「だな……末吉。俺が心配したとおりになったな」

伊藤は顔を覗き込むと、十手で軽く肩を叩きながら、

「この松蔵が来なきゃ、今頃は死んでた。洗いざらい、話すがいいぜ」

と訊いた。

「それは、この前、話したことがすべてです……もし、俺が作った鋳型で、偽金が沢山作られているとしたら、私は刑に服します。引き廻しの上、磔（はりつけ）だということも、承知してます」

「いい覚悟だ。そこまで腹を括（くく）ってるなら、正直に言えよ」

さらに伊藤が責め立てたとき、お清が前のめりになって言った。

「――私がやったんです」

「なに？」

「浪人を刺したのは私です。末吉さんじゃありません」

「なんだと……」

「本当です。怖くなって、思わず刺してしまいました。でも、いいんです。これで、いいんです。末吉さんが殺されなかったから。だって悪いのはあいつらなんですから」

震えながらも、シッカリとしたお清の声に、伊藤と松蔵は驚いた。末吉が横合

いから口を挟もうとしたが、それを遮るように、今度は叫びに近い声で、

「私がやったのです。ほら、このとおり手にはまだ血がついているし、拭ったと思った顔や着物にも、ほら……ほら！」

と腕を差し出して訴えた。

「だって、仕方がないじゃないですか。あのままでは、亭主は殺されてました。守ってはいけないのですか。大切な人を、自分で守って何が悪いのです。真夜中に人の家に押し込んできて、刀で殺そうとする人を止めたのが、なぜいけないのですッ」

「お清……やめろ……」

末吉は自分のせいだと庇おうとするが、お清はさらに強い口調になって、

「あの時と同じです……あの時と……」

と目を見開いた。

「なに？　どういうことだ」

伊藤が前に立つと、お清はゆっくりと見上げた。

「姉がいました……七つ年上で、野良仕事で忙しい母に代わって、私の子守役をしてくれてました……縁あって、姉は隣村の男と一緒になりました……でも、幸

せだったのは初めの半年くらい。亭主は飲む打つ買うに加えて、姉を牛馬の如く働かせた上で、意味もなく折檻してました」

「何の話だ……」

煙に巻かれそうな伊藤は、話を戻そうとしたが、お清は没頭したように続けた。

「姉は何も悪くないんです。一生懸命、尽くしていたんです。でも、亭主の乱暴は止まらない。生傷や火傷、肋骨が折れるほど、酷い仕打ちをしました」

「……」

「ある夜……殺しました。姉を助けるためです……私は、その亭主を刺し殺しました」

「な、なに……!?」

「姉は、賭場仲間が殺ったことにすると言って、私を逃がしてくれました……気を取り乱しましたが、落ち着いて考えると、姉も私も悪くないと思うようになりました……万が一、私が捕まったら、親兄弟もお縄になると思って、姿を消しました」

「おい……本当の話か……」

「もう十年も前、娘の頃の話です。あれから、姉とは会ってません。誰とも会ってません……でも、江戸に迷い出て来て……末吉さんと働いてた茶店で知り合って……」

唖然と横で見ている末吉を、お清は涙目で振り向いた。

「好きになって……少しくらい幸せになってもいいかなって……ずっと黙ってた……ごめんなさい……ごめんなさい」

聞いていた伊藤たちはみな、一様に驚きを隠しきれなかった。お清の話が事実かどうかは、今はまだ分からない。亭主を庇うために嘘を言っているのかもしれない。あるいは、調べを混乱させる意図があるのかもしれぬと、伊藤は勘繰った。

「本当のことです。嘘をついて、何になりましょう……でも、末吉さんは偽金作りに関わってなんかいないし、誰かに恨まれて殺されるようなこともしていない」

「……」

「それだけは本当です。ずっと側にいて分かります。真面目だけが取り柄で、毎日、コツコツと細工仕事をしてるだけの、心根の優しい人なんです」

お清の切ない声を、伊藤も松蔵もじっと聞いていた。

誰より末吉は、ずっと我慢していた涙を袖で拭ってから、ひしとお清を抱きしめた。そして、もう何も言うなと、人前を憚らず泣き崩れるのであった。

まだ夜は明けない。海鳴りと海風はさらに強くなってきた。

第二話　情けが仇

一

城之内左膳がそわそわとしながら、廊下を往き来している。

奥に入ったきりの桃太郎君こと、桃香姫が、またぞろ屋敷から出て行かないかと心配しているのである。〝若君〟と思っていた頃なら、遠慮なく部屋に押し入ったりしたものだが、女と承知したからには、着替えや厠の用ならば遠慮するしかない。

しかも、年頃の娘である。無理に強いるのも可哀想な気もするから、城之内もついつい甘い顔になるが、それで近頃は調子づいていた。咳払いをしながら、

「桃香……いえ、桃太郎君、そろそろ執務部屋に戻って貰わないと、国元から届いた作物やら俵物の評価ができませせぬぞ。勘定方の家臣たちも打ち揃っておりますれば」

と襖(ふすま)の奥に声をかけたが、「すぐ行く」という声しか返ってこない。

家臣たちは、〝若君〟が女だということは知らないから、城之内も気が休まる暇がないのだ。これなら、自分も〝若君〟だと思い込んでいた方が楽だった。

「久枝(ひさえ)殿も一緒でござろう。またぞろ、こっそり屋敷から出すなんてことは、やめて下されよ。聞いておりますか」

「はい。承知しております」

「ならば、早(はよ)うッ。我慢ができぬゆえな、あと十数えて出てこなかったら、非常事態と判断し、家老の権限で部屋に入りますぞ。よいですかな」

城之内はゆっくり十を数えたが、出てくる気配はない。舌打ちをして、仕方なく「ごめん」と襖を開けると、やはりそこに桃香の姿はない。久枝ひとりが、散らかった若君の羽織や着物などを片付けていた。

「やっ。久枝殿、いい加減にしないと、こちらも堪忍袋が……」

「これこれ、城之内様。あまりカッカすると卒中を起こしますぞ。先日も、お知り合いのお殿様が……気をつけて下さいまし」

「誰のせいだと思うておるのじゃ」

「そんなふうにおっしゃらず……ささ、こちらへ、お入り下さい」

久枝が手招きしたが、城之内は一応、奥向きであるから躊躇した。それでも、久枝は怪しげな笑みを浮かべながら、立ち上がって、そっと城之内の手を取った。

「あなた様と私は、桃香姫の親も同然ではありませぬか。私も家中の者に、隠しておくのは心苦しゅうございました。でも、もし人に知れることになったら、我が藩は改易になってしまいます」

「さ、さよう……」

「私たちだけの、秘密、なのです」

「わ、私たちだけの……」

「ええ。秘めたる恋と同じなのです。万が一世間様に知られたら、もう無理心中をするしかないのです」

城之内はハッとなって手を払い、

「またまた、久枝殿は、このような色仕掛けで私を、ろ、籠絡しようと……」

「色仕掛け……心外です」

久枝は少し頬を膨らませて、横を向いた。

「私は……本当の気持ちを、お伝えしたかっただけなのに……」

「あ、いや、久枝殿……私は別に……」

どうしてよいのか困惑している城之内に、久枝はすぐに振り向いて、数枚の書きつけをそっと手を握るようにして渡した。

「こ、これは……も、もしかして、こ、恋文でござるか……」

「はい。桃香様からの」

「え……？」

「篤と読んで下さいませ。そこには、ご公儀を揺るがすような重要な事が書かれております。桃香様が鋭意、探索中のね」

城之内は書きつけに目を走らせて、わなわなと手が震えてきた。

そこには、桃香が調べた〝小判偽造〟について書かれていたからだ。

──勘定組頭・堀切鉄之信は深く絡んでいる節がある。

──かつて、下田奉行だったことから、土肥金山を隠し掘りして蓄財した模様。

──両替商『難波屋』儀右衛門と、堀切が結託しているであろう。

──小判の鋳型は、『難波屋』の手代・昇太が、末吉という元金座職人に作らせた。

──その鋳型をもとに、さらに大量の鋳型を作って、小判を量産したのであろうが、それは探索中。

――元上総佐貫藩の藩士・秋月兵部も、堀切の家臣として関わっていたが、何者かによって殺された。

――秋月を殺した下手人とおぼしき浪人たちは、深川〝鞘番所〟で受牢中。などが、伊藤や松蔵、そして猿吉らの探索から分かっており、その事実を共有している。大岡奉行の内与力・犬山も内偵している案件である。ゆえに、城之内は事の重大性を鑑み、江戸留守居役たちにも報せて、あらゆる手段を使って真相を暴き、上様をお助けすることを望むと、記されていた。

「これは、まこと……か」

城之内は俄に信じることができなかったが、これまでの桃香であれば、「さもありなん」というところか。とにかく、まだ様子を見ると決め込んだ城之内に、久枝はハッパをかけた。

「もし、我が藩が主体になって、この新小判の偽造一味を暴けば、上様から大層なご褒美とともに、〝桃太郎君〟に、奏者番か何かの役職が就くやもしれませぬぞ」

「奏者番……」

「はい。大名が将軍に謁見する際の儀式の進行役を承る、名誉ある役職。この職に就けば、老中や若年寄も一目置き、大岡越前であっても平伏せねばなりませぬ。一万石以上の大名から、英邁な者だけが選ばれますから、綾歌藩の権威や名誉にもなりましょうぞ」

久枝の流暢な説明を聞くまでもないが、城之内は心躍る思いになった。

「うむ。ただのじゃじゃ馬ではないと思うておりましたが、もしかしたら大手柄の金星かもしれぬな」

「これ、城之内様、姫君、いえ若君、いえ、やっぱり姫君にたいして、じゃじゃ馬とは失礼でござりまするぞ」

ギュッと腕を久枝に捻られても、なぜか喜ぶ城之内であった。


一方、桃香は――。

両替商『難波屋』に押しかけて、『雉屋』福兵衛とともに、一芝居打っていた。

「三百両……でございますか……」

対応に出ていた番頭の喜兵衛は困惑していた。

福兵衛は両手を合わせて頼んだ。

「なんとか頼めないものですかな。実は、この姪っ子の桃香は、もうすぐ嫁に出すのですが、その支度がいるのです」

「さいですか……それは目出度いことですが、たとえ『雉屋』さんとはいえ、三百両とおっしゃられても、なんの担保もなしに、お貸しするわけには参りません」

「そこを、なんとか」

喜兵衛は難儀なことだと首を傾げながら、

「それに、『雉屋』さんといえば、この日本橋でも知られた呉服問屋。失礼ながら、三百両くらいのお金ならば、ございましょう」

「いえ、ないのです」

はっきりと福兵衛は言って、情けなく両肩を垂らして座り込んだ。

「私は隠居の身でしてな。倅たちは商いと関わりのない金は一文たりとも出しません。いえ、ケチとかではないのです。私も店の主人であれば、そうしたでしょう」

「それにしても、『雉屋』さんともあろうお方が……」

「実はですな」

福兵衛は体を傾けて、喜兵衛に耳打ちするように言った。

「内緒に願いたいが、この桃香は、私が女房ではない女に、産ませた子なのです。女はとうに流行病で亡くなりましたが、私が密かに預かって、姪として育ててました」

「えっ……そうだったのですか……」

「私の妹の子ということにしてますが、倅たちも知らないことです」

「はあ……」

「ですから、なんとしても金が……三百両が無理なら、二百両……いえ、百両でも結構でございます。どうか、どうか」

両手をついて、福兵衛は頼み込んだ。まったく知らぬ仲ではないからか、喜兵衛の心は少し揺らいだようで、

「嫁ぎ先は、何処でございますか」

「それは……」

「言えないところなのですか」

喜兵衛の問いかけに、福兵衛は答えに窮していると、桃香がとっさに言った。

「讃岐綾歌藩の若君の所にです」

「えっ。お武家様に？」

驚いた様子になった喜兵衛だが、急に同情の顔になって、

「それは悲惨なことですな……今時、お武家というのは、借金まみれですから、何かと苦労もおありでしょう。それでは、結納金を貰うこともできないでしょうな」

と溜息をついた。

「しかも、綾歌藩とは……貧乏にも程があるというくらい情けない藩だとか」

「えっ……そうなのですか」

桃香が聞き返すと、喜兵衛は大きく頷きながら、

「うちも多くの大名やお旗本に貸し付けておりますが、色々な噂が入ってきますからね……そうですか……」

「どんな噂ですか。気になるわ」

「余計なことを申しました。そういう事情ならば、お貸ししてもようございます。ただし、百両でご勘弁願いたく存じます」

「本当ですか！」

福兵衛は大袈裟(おおげさ)に喜んで、番頭の手を握りしめた。桃香が嬉しそうに感謝の言葉を伝えると、奥から様子を窺(うかが)っていた主人の儀右衛門が、何やら喜兵衛に目配

せをした。

頷き返した喜兵衛は、帳場から立ち上がると奥にある漆塗りの船簞笥(ふなだんす)に行き、鍵を開けて封印小判を四つ出してきた。

「どうぞ……では、借用書を書かせて頂きますね。担保は『雉屋』さんへの信用ということで、その代わり、利子は少し高めでお願い致しますよ。もちろん法定内で」

「ええ、ええ。ありがとうございます。これで、桃香も恙(つつが)なく嫁に出せそうです」

「でも、本当にこれからが大変でございましょうなあ……」

また同情をしながら、借用書を記し始めた。

そこへ——。

ぶらりと菊之助(きくのすけ)が入ってきた。派手な鯉(こい)の滝登りを柄にした羽織を着ている。

その姿を見るなり喜兵衛は、書きかけの筆を置き、すぐに帳場から離れて、諸手(もろて)をついて菊之助の方に向かい、出迎えた。同時に他の手代たちも、素早く集まって、

「お疲れ様でございます」「ご苦労様に存じます」「お加減宜しゅうございます」

などと下にも置かぬ態度で迎えた。

唖然と見ている桃香の前を通り過ぎた菊之助は、「オッ」と二度見して振り返った。

「おやまあ、びっくり、驚いた。世の中に、こんな別嬪さんがいるとは、神様仏様も罪なことをするじゃないか」

菊之助はペロリと指先を舐めると、松の枝のように曲がっている髷を撫でて、

「お嬢さん、お名前は」

「お金を借りに来ただけです。あなたに名乗る必要はありませぬ」

「あらあ、可愛い顔して、こういう気丈なのが、またたまらんのだよなあ。勿体つけずに、教えてちょんまげ」

格好いいだろうとばかりに、菊之助は丁髷に触れてみせた。無視して、桃香は借用書を早く書いてくれと番頭に頼んだ。

「幾ら借りるんだい？」

帳場にある封印小判を見てから、菊之助は察したように、

「百両。たった百両。だったら、俺がやるよ。その代わり、鰻でも一緒に食いに行かねえか。ねえ、お手々繋いで、さあ」

と言い寄りながら、何気なく桃香の尻の辺りを触ろうとした。寸前、手首をね

じあげ、小手返しの要領で背中から土間に倒した。

「アタタ……」

菊之助は片目を閉じて悶絶したが、手代たちがすぐに駆け寄って助け上げた。

「いい加減にして下さいな。私、あなたのような人が一番嫌い。虫酸が走ります」

「ああ、痛かった……でも、益々、気に入ったぜ」

と立ち上がりながら、菊之助は喜兵衛に向かって、気前よく言った。

「番頭。その百両、この女にくれてやれ。ここの地代から引いておけ、いいな」

「は、はい。承知致しました。若旦那様の言いつけ、必ずお守り致します」

喜兵衛は頷いて、封印小判をすべて福兵衛に手渡すと、途中まで筆を入れていた借用書を破り捨てた。

「あっ。そんなことはダメです……」

言いかけた桃香の手を取った福兵衛は、深々と菊之助に頭を下げて御礼を言ってから、店の表に連れ出そうとした。

そのとき、菊之助の方は、「いいってことよ」と声をかけてから、福兵衛の顔を見て小首を傾げた。

「どこかで会ったような……」

「はい。私も門前仲町で隠居暮らしをしているものですから」

適当に笑いかけて、桃香の手を放さないで飛び出した。

「ちょっと、福兵衛さん。どういう了見ですか。私は貰いに来たわけでは……」

「勘違いしないで下さい。貰いに来たんです、小判をね」

福兵衛が念を押すように言うと、桃香は納得するしかなかった。

「ま、そうだけど……それにしても、今のは誰？　あなたのことも、何だか知ってるようだったけど」

「穀潰しですよ。『信濃屋』の……どうしようもない不出来な息子なので、外に出されたようなんですがね……『信濃屋』はこの界隈の家主ですから、『難波屋』としては、何でも言いなりなんでしょう」

「家主……」

「地主のことです。江戸中に六十ヶ所以上の土地家屋を持ってて、それを貸して儲けてるんですよ」

地代や家賃は、土地の〝沽券金高〟に応じて支払われる。今で言えば、公定価格に応じて、その五分から一割程が、一年の地代の相場だった。日本橋界隈の一等地ならば、地価は坪単価で金一両という。江戸中に六十ヶ所もあるのだから、莫大な実入りである。

「材木だけでも、かなりの商売をしてますがね。とにかく、急ぎましょう」

福兵衛が老体に鞭打って小走りになると、桃香も軽快に追いかけた。

そんなふたりを――。

編笠を被った、羽織袴のどこぞの家中らしき侍が目で追っていた。武芸者らしく体格もよく、微動だにしない身構えだった。

二

門前仲町の『雉屋』まで戻ると、猿吉が待っていた。堀切について調べていたが、妙なことが分かったという。

「なんです、それは」

桃香が身を乗り出すように訊くと、秋月兵部が殺されたと思われる翌日、堀切邸に、神楽常次郎という刀剣目利きが訪ねているという。

「堀切様、直々に呼ばれているのです」

「その神楽常次郎というのは？」

「山田浅右衛門の弟子……と名乗っておりますが、素性のよく分からねえ者です」

「浅右衛門というのは、あの御様御用のですか」

「ええ。刀の試し斬り役の他に、死罪になった者を処刑する役目もありやすから、首斬り浅右衛門とも呼ばれてる……」

「そのような人が何故に」

「へえ……」

猿吉は直に、神田鍛冶町に住んでいる神楽常次郎を訪ねたという。首斬り浅右衛門の弟子という割りには、意外に年を食った男だった。常次郎は素直に堀切の屋敷に行ったことを認め、刀を研ぎながら、こう話した。

『本業はごらんのとおり、刀の研ぎ師です。堀切鉄之信様の刀もよく磨きにいきます。先祖伝来の若狭正宗という逸物でしてな』

『それほどの名刀が刃こぼれをするものなのかい。俺たちゃ町人には縁がねえが』

素朴に訊く猿吉に、常次郎は淡々と仕事をしながら、

『刃こぼれしようがしまいが、研ぎ直しはしますよ。特に切っ先はね……でも、屋敷にお邪魔したのは、そのためじゃありやせん。脂を拭うためで』

『脂を拭うため……おいおい……』

気味悪げに、猿吉は眉を顰めて訊き直した。『まさか人を斬った、なんて言い出すんじゃねえだろうな』

『まさか……』

常次郎は鼻で笑った。

『たしかに人を斬ることもありますよ』

『な、なんだって?!』

『落ち着いて下さい、親分さん。斬首刑になった咎人の死体は、試し斬りに使われることがありやす。中には医者なんかが、肝を取ったりしやすがね。ですが、それは小伝馬町牢屋敷内でのことで、死体を持ち帰ることなんぞはできませんよ』

『てことは……』

『堀切様は、狩りで仕留めた猪や野良犬を、その場で斬ることがあるそうです』

『狩り……』

在府の大名や旗本は、江戸近郊に自分の狩り場を持っていて、大概は鷹狩りで野鳥を捕獲するのがふつうだが、矢や鉄砲で獣狩りをすることもある。新井宿村には将軍家の鶴のお狩り場があったが、堀切は勘定組頭になった時に、その一角を拝領したのだ。

『そのときも、猪を仕留めて、捌いて鍋にして食べる前に、堀切様が直々に、自分の刀の切れ味を試したそうです』

鶴や野鳥は、予め池などの餌場を作っておき、半ば飼い慣らしておいてから、木魚や銃声で驚かせた上で、鷹に追わせるのである。猪も同様に、餌を置いて罠にかかったのに向けて矢をかけたり鉄砲で撃ったりする、狩りを模した遊びである。

常次郎はその折についた血脂を、拭わされたのだった。殊に、猪の脂はなかなかこびりついて取れないらしく、拭って元の鏡のように磨くのは、一苦労なのだという。磨きの手を止めて、拭いの仕方を真似ながら、

『簡単そうで、これが結構、厄介なんですよ』

『本当に……猪の血脂なのかい』

『どういう意味です?』

『堀切様の刀にこびりついていたのが、獣の血脂なのか、人のものなのか……おまえさんには区別がつこうってもんじゃないか』

『それは……』

『つかねえってのかい？』

『魚や鳥の血はさらさらしてますがね、獣の血脂はなんというか……重い。それに比べて、人の血ってのは、独特の……なんというか、鉄が錆びたような臭いがする。ですがね、よほど何人もの人間を斬らない限り、刀にこびりつくことはねえ』

『では、おまえさんが磨いた刀は、獣の血だと思うのだな』

『へえ』

『しかし、人を斬った後に、獣を斬ったとしたら区別はつくかい？』

猿吉がしつこく問い質すと、常次郎は嫌気がさしたのか、腹立ち混じりに、

『——親分さんは何が言いたいので？』

『堀切の屋敷から、何度も斬り刻まれた侍が運び出されて捨てられた』

『ええ……!?』

常次郎は本当に驚いたようだった。猿吉はその表情を確かめながら、

『俺は、その死体を見た。秋月兵部さんというお侍だ。堀切様とも深い関わりがある。おまえさん、本当に知らなかったのかい』

『し、知らない……』

『殺しだとしたら、決め手となる凶器を探し出さなきゃならねえ。もし、おまえさんが、その証拠を消した……としても、堀切様と同じ罪に問われるが、それでいいのかい』

『いや、本当に知らねえよ……俺は、猪を斬ったから、と聞いただけだ』

『聞いただけ……なんだな。猪を斬るところを見たわけじゃねえんだな。で、猪と人の血脂違いを、お白洲でも証明できるんだな』

『それは……』

曖昧になった常次郎を、猿吉はそれ以上、責め立てることはなかったが、もし大岡越前に呼び出されるようなことがあれば、正直に話すと誓った。

猿吉は——目の前に座っている桃香と福兵衛に言った。

「常次郎が拭って磨いたのは、秋月さんを斬ったものだと、俺は思いやす」

「だが、それだけでは堀切が手にかけた、とまでは言えないのでは？」

桃香はそう案じたが、猿吉は真剣なまなざしのままで言った。

「今度は、俺が犠牲になってみせますよ」

「え？……どういうこと」

「堀切ってお侍はたしかに、猪を斬るのが三度の飯よりも好きなんだとか。だから、ふだんは猪の血脂の拭い方を心得ていた。狩り場において、熱湯で流してくるんです。でも、不思議なことに人の血はなぜか、曇るらしいんですよ」

「私はこれでも刀を扱うけど、そんな話は聞いたことがない」

「斬ったことがない、でしょ？」

「まあ、そうだけど……」

「常次郎も本当は、薄々は人の血だと感じていたってことだから、今度は俺が斬られて、人の血を拭えなくしてやるんでさ」

何か目論見があるようだが、桃香も福兵衛も、その真意を理解できなかった。

「それより、猿吉……この小判だよ」

先刻、『難波屋』から受け取ってきた封印小判を、桃香は見せた。

「これを、伊藤様が助けたっていう、鋳金職人の末吉に確認して貰うんだ。自分が作った鋳型によるものかどうかをね」

「どうやって、これを……」

猿吉は驚いて手にとって見たが、桃香の思いをすぐにでも届けたいと、封印小判をひとつだけ預かった。

「でも、桃香さん。俺は今でもどうも、伊藤様は好きになれなくてですねえ……」

「私もよ。でも、此度の一件は、奉行直々の事件なのだから、どっちが手柄を立てるだなんて、考えてちゃダメ。少なくとも、もうふたりも殺されているんだからね」

桃香に諭されて、猿吉はすっ飛んでいった。

末吉は、〝鞘番所〟の同心らの監視のもと、牢部屋に預けられていた。女房のお清(きよ)は、心が安定していないということで、深川養生所の藪坂(やぶさか)先生が面倒を見ている。

猿吉に小判を見せられた末吉は、小判を掌(てのひら)に載せて念入りに確かめ、

「親分さん……これは、本物ですよ」

とキッパリと答えた。

「ええっ」

「改鋳される前のものですが、今でも使えます。疑うなら、金座に持ち込んで、

きちんと調べた方がいい」

「ああ。そうするつもりだが、まずは、おまえさんの目にと思ってな」

「私が作った鋳型には、密かに末吉という文字を三ヶ所に潜ませています。偽金にされたときには、すぐに分かるようにと」

「そうなのか？」

「ですが、偽造する奴はおそらく、一旦、私ので見本を幾つか作り、それを元に別の鋳型を沢山作ると思います」

「――ということは、『難波屋』め、桃香を怪しいと睨んで、本物を出したか……」

「え？　なんのことでやす？」

そんな話をしていると、隣の牢部屋から、奇妙な笑い声が起こった。牢番が「静かにしろ」と命じたが、わざとらしく大袈裟に腹を抱えている様子だ。

猿吉が覗くと、そこには色黒で目つきの鋭い侍の姿があった。

――あっ。

すぐに、堀切の屋敷から出てきて、駕籠で秋月を河原まで運んで捨てた侍たちの頭目格だと分かった。

「やはり、おまえか……」

本所方同心から、身許がまだ分からないと聞くと、猿吉は家臣かどうかはともかく、この侍に命を狙われたことは、お白洲でもどこでも証言すると訴えた。

それでも、その侍は不気味に笑うだけであった。

三

雑木林を駆け抜ける一頭の馬がいる。

手綱を握っているのは、勘定組頭の堀切鉄之信であった。

狩り装束のせいか、勘定方の役人にしては武官のように精悍で、力強い武芸者に見える。背中には戦国武将のような家紋入りの旗も靡かせており、頭を下げて獲物に突進する姿は、さながら合戦の最中のようである。

堀切の後からも、数人の家臣が追従している。

「せいや！」

さらに突進する堀切の視線の先には、一直線に逃げる猪の姿があった。勢子たちに追い立てられる体の大きな猪でも、馬並みの速さがある。しかも、左右に蛇行しながら走る姿は、でっぷりとした体つきからは想像できないほど敏捷だ。

馬上の堀切はやにわに背中を伸ばすと、弓に矢をつがえた。思い切り弦を引くと、猪に狙いを定め、流鏑馬のように駆け抜けながら打ち放った。

――シュン。

と空を切る音がして、猪の太い首根っこに矢が突き刺さった。それでも倒れずに突っ走るのを見据えて、堀切は第二の矢を射ると、今度も喉の辺りに見事に命中した。

激しく転倒した猪は、大木に激突したが、それでも這い上がろうと藻掻いている。

「お見事！」

家臣たちの歓声が背後で聞こえたが、堀切は勢いのまま猪に近づくと、身軽に馬から飛び降り、腰の刀を抜き払うなり上段に構え、気迫とともに打ち下ろした。太い首を一太刀で斬り落とすほどの凄まじさであった。

さらに家臣たちの歓喜の声が、狩り場に広がると、堀切は再び馬上に戻り、猪の肉を突き刺した刀を高々と掲げて、

「エイエイオウ！」

と勝ち鬨の声を上げた。家臣たちもそれに呼応する。

その時――。

突然、前方に、やはり狩り装束姿の若侍が現れた。桃太郎君である。

後ろには、中間風の格好をした猿吉と供侍姿で笠を被った犬山が控えている。

「何奴じゃ」

馬上から、堀切が声をかけると、家臣たちはその周りに駆けつけてきた。いずれも事あらば斬るという臨戦態勢である。家臣のひとりが大声を上げた。

「貴様ら！　ここを何処と心得ておるッ。勘定組頭、堀切鉄之信様の狩り場なるぞ！」

すぐに桃太郎君は、弓を脇に抱えて、軽く頭を下げた。

「さようでござったか。これは失礼をばした。今し方、大きな猪を射止めた上に、素早い止めに斬り倒したるは、お見事でござった。小笠原流弓馬術とお見受けしたが、さすがでございまするな」

「無礼者。名を名乗れ」

家臣が声を荒らげると、桃太郎君は鷹揚に笑って、

「これは失礼をば。拙者、讃岐綾歌藩の松平桃太郎にございまする」

「松平……!?」

親藩や譜代の多くが名乗れる「松平」と言われ、家臣たちは硬直した。しかも独特の駿河訛（するがなま）りの「マツダイラ」という音調であるため、堀切はハッとなった。狩衣（かりぎぬ）には、水に葵の御紋もある。

「ま、松平桃太郎君……！」

堀切は馬から降りて、地面に座って平伏した。

綾歌藩は三万石でありながら、由緒正しき親藩大名であり、当主の讃岐守の正室は、将軍吉宗（よしむね）公のいとこであることは、幕閣や主立った奉行ならば承知している。

「お見それ致しました。こちらこそ、ご無礼をお許し下さいませ」

「いや、許さぬ」

「は……？」

上目遣いになった堀切に、桃太郎君はニコリと微笑（ほほえ）み返して、

「冗談じゃ。ここは、上様から拝領された鷹場だと聞いておったが、ご領地同然のところに踏み込んでしまい申し訳ない」

「とんでもございませぬ」

「上様のお許しを得て、狩りと洒落込んでいたのだが、まったく獲物を仕留められないばかりか、余所に迷い込んでしもうた」

「いえ、ここは元々、上様の御料地。温情をもって一角を拝借しているに過ぎませぬ。見苦しいところをお見せ致しました」

丁重な姿勢で謙っているが、その堀切の目はまったく媚びていない。むしろ、自信に満ちた眼光で、威圧的ですらある。早く退散するのを待っているかのようだ。

桃太郎君は穏やかに微笑みかけて、

「魚釣りではないが、〝ぼうず〟で帰っては、家中のものに示しがつかぬ。その猪、少しでよいから分けてはくれまいか」

と問いかけると、わずかに不思議そうな顔になったが、堀切はふたつ返事で答えた。

「少しと言わず、一頭丸ごと、ご献上致します。若君のお助けになれば、ありがたき幸せにございまする」

「さようか。ならば、遠慮なく戴くとする」

すぐさま猪に近づくと、絶命したばかりの猪の無惨な姿を見ながら、

「いやあ、まさに見事な腕前……さすが名刀、若狭正宗。素晴らしい切れ味だな」

と桃太郎君は誉(ほ)めた。

「え……拙者の持ち物まで分かるのですか」

「武門中の武門が嗜(たしな)む、香取神刀流(かとりしんとう)の太刀筋も見応えがあった。私も剣術の方は嫌いではないのでな。もっとも、堀切殿と違って、へなちょこ剣法。なにしろ、人を斬ったことがない」

意味ありげに桃太郎君が見下ろすと、座したままの堀切の目の奥が揺らめいた。

「居合もなかなかのものと見た。雲切(くもきり)の剣(けん)の構えをすぐに取るとは、さすがですな。もし今、私が刀を抜いても、柄が払われ、返す刀で脳天を打ち落とされるでしょうな」

「……大名の若君とは思えぬほどの慧眼(けいがん)……さぞや厳しい修行をなされたようだな」

「それほどではない。第一、私は、そこもとのように、かように鋭く猪の首を落とせぬ。これほどの腕前ならば、人を斬るということなどは却(かえ)って、容易でしょうな」

「……」

「そうでは、ござらぬか」

桃太郎君は挑発するように言ったが、堀切は首を横に振りながら、

「拙者も人を斬ったことはありませぬので、容易かどうかは分かりませぬ」

「さようですか……だが、今し方見た若狭正宗の刀身は、人の血脂が張りついておりました。幾ら磨きをかけても、猪と人の血脂では粘りけも臭いも違うのでな」

「——若君……」

制するような堀切の声は、少し野太いものに変わった。

「何をおっしゃりたいのでしょうか」

「秋月兵部と昇太という手代を殺したのは、何故ですかな」

「なんと……!?」

「さらには鋳金職人夫婦の命を狙ったのも、堀切様に頼まれてやったことだと、深川〝鞘番所〟に捕らえられてる浪人どもがみな、白状しましたぞ」

「そんなバカな……」

と言いかけて、堀切は口をつぐんだ。

「──はて、そんなバカなとは、どういう意味でございまするか」

語るに落ちたと見抜いた桃太郎君は、追い打ちをかけて、

「秋月兵部が受けた刀傷は、検屍したところ、たしかに若狭正宗だとの疑いがあった。顔面に執拗につけられた傷は、まさにその切っ先の身幅どおり」

「何をおっしゃいます」

「秋月は何故に殺したのか、教えてくれぬか。元々は、上総佐貫藩の藩士だが、浪人の末、おぬしに仕えた。浪人をした理由を、おぬしは存じておるか？」

「……」

「ま、それはよい。下田奉行をしていたおぬしに仕えていた者を、そこまで無慈悲に殺したのは何故なのか、私は知りたい」

真剣なまなざしを向ける桃太郎君に、座ったままだが背筋を伸ばしながら、堀切は毅然と見上げた。

「何の話か存じ上げませぬが……若君……気は確かですかな」

「むろんじゃ。この桃太郎の頭がおかしいとでも言いたいのか。猪をくれるついでに、本当のところを話してくれれば、上様には黙っておく。言ってる意味は分かるな」

「……」

「その代わりと言ってはなんだが、猪よりも欲しいのは、金だ。小判だ」

桃太郎君はさらに〝本丸〟に乗り込んだ。

「我が藩は知ってるとは思うが、徳川家親藩でありながら、四国の片田舎の貧乏大名だ。私もできることなら、父上や祖父がそうであったように、奏者番か寺社奉行くらいにはなりたいものだ」

「……」

「だが、先立つものがない。上様はたしかに権威はあるものの、人事に直に口出しはできぬ。承知のとおり、老中・若年寄からの推挙がなければ、役職は得られぬ」

野心のある顔つきになった桃太郎君は、当然のように言った。

「そこもとが遠国奉行から勘定方に這い上がったように、私も……分かるであろう。そのためには、金が必要なのだ」

「私にはなんとも……」

「隠すことはない。今日、この場で狩りをしていると教えてくれたのも……あの御仁だ……直に頼んでみるがよい、とな」

「あの御仁……」

訝しげに睨み上げる堀切の目つきが、明らかに変わった。

「さよう。私が江戸城中で仕事をすることができるようになれば、おぬしが勘定奉行になることの手助けもできよう。そろそろ、その職にある安藤主計亮も、邪魔臭くなってきたからな。しかし、その前に先立つものがない」

「……」

「のう、堀切殿……そこもとは、土肥金山を利用して散々、儲けたはずだ……いや、それをどうのこうのとか、上様に話すとか、そんなさもしいことはせぬ……我が藩の行く末を案じ、恥を忍んできたのだ」

桃太郎君はしまいには自分の方から地面に座って、

「頼む。このとおりだ。父上は国元で病床にある。出来の悪い息子なりに、なんとか藩の危難を救いたいのだ」

と泣きの涙で訴えた。

じっと睨み続けていた堀切は、少し柔らいだ顔つきになって、

「かような真似はおやめ下さい……顔を上げて下さいまし……正直、私も懐はさほど潤っているわけではありませぬが、そこまで恥を忍んでおっしゃられては、

男として、いや武士として、ご尽力しとう存じます」

「ま、まことか！」

「はい。今夜にでも、お屋敷まで、この猪を綺麗に捌いたのと共に、ご入り用のものをお届け致しましょう」

「さようか……さようか！　かたじけない。ああ、かたじけない！」

安堵したように何度も頷く桃太郎君を、堀切は冷静に見ていた。

四

その夜、早速——猪を部位別にきれいに捌いたものが、幾つかの平樽に詰められて、家臣たちによって、本所菊川町の屋敷まで運ばれてきた。

献物として仰々しく扱い、堀切の側役で田丸恵之介と名乗る者が、塩や砂糖、雑穀、薬草から菓子類なども含めた目録まで読み上げた。最後に差し出されたのは、大きな上等な茶壺であった。中にはぎっしりと、封印小判が詰め込まれてある。

上座の桃太郎君は、満足そうに頷いていたが、下座に控えている城之内はハラハラと心配そうに見ていた。

事前に、桃太郎君からは、堀切から金を貰うということを聞いている。が、どういう目論見があってのことかは、はっきり伝えられていない。城之内は、

——また何か先走って、余計なことをしてるのではあるまいな。

と案じていたのだ。

「桃太郎君とは、今後ともよきお付き合いができますようにと、主の堀切も申しております。いつか、狩りもご一緒し、弓馬や剣術のお話もしたいと申しております。どうぞ、よしなにお願い奉りまする」

丁寧に挨拶をした田丸だが、何か含みがありそうな面構えである。だが、桃太郎君は満面の笑みで、礼を言った。

「こちらこそ、武芸談義をしとうございまする。まことに、かたじけない」

「とんでもありませぬ」

「これで、我が藩も助かる。生涯、堀切殿には感謝する。今宵からは、足を向けて寝られぬな。ご苦労であった」

感謝として、先祖伝来と言われる脇差しを一差し返礼として渡した。鞘の付け根と鎺(はばき)には、金色の葵の紋もある。

「ハハア！　有り難き幸せ！」

「田丸とやら。よろしく頼んだわよ」

女言葉で言って、チュッと口づけをする真似をした。

「えっ……」

と見た田丸だが、一瞬、身震いした。

「しょ、承知仕りました」

使命感を全身に帯びた田丸が、綾歌藩の家中の者に誘（いざな）われて退席すると、城之内はほっと胸を撫で下ろして、

「もしかしたら、斬りかかってくるのではないかと、ドキドキしておりましたぞ」

と溜息をついた。

「心配性だなあ。もし、そのようなことをすれば、向こうの方が御家断絶よ。せっかく積み上げた苦労も水の泡。堀切の願いは、勘定奉行になることなのでは？そのためには家格を上げねばならない。上様と〝はとこ〟になる私を、上手く利用できると思ってるのよ」

桃太郎君が女らしい言葉使いになると、その姿との較差がおかしくて、城之内

は笑いそうになった。

「なんです」

「あ、いえ……それにしても、こんなに食べますかな」

と嘆くように、城之内は平桶の猪肉(ししにく)を覗き込んだ。

「私の狙いはこっちですよ」

茶壺の封印小判を、桃太郎君は取り出してみせた。だが、城之内は不安を拭い切れず、自分が調べてみても、なかなかの策士である堀切が素直に応じたことが解せなかった。

「もし、本物でしたら、後で、どんな無理難題を吹っかけてくるか、分かったものではありませぬぞ」

「どれ、見てみましょう」

桃太郎君が封印を切って、手元にある本物の小判と色艶や大きさ、厚み、紋様、後藤(ごとう)家の刻印などを比べてみて、

「——ほら、偽物よ」

と確信を得たように言った。

「縁の近くをよく見てご覧……末吉って読めるわよね、小さいけど」

城之内も円筒状の虫眼鏡で覗いて、

「たしかに、ありますな」

と声が震えた。

「猿吉が末吉から聞いたとおり、偽金である証拠。千両も気前よく出すってことからして、怪しいじゃないの」

「しかし、姫、いえ若君……これを持っていたからといって、堀切が作っていたという証にはなりませぬぞ。封印は、『難波屋』のものです。中身までは知らなかったと言われれば、証の立てようがありません」

「慌てない、慌てない。堀切が雇った浪人が、昇太と秋月さんを殺した。昇太は『難波屋』の手代、秋月さんは堀切の家来だった。もう繋がったも同然じゃないの」

「奴らは惚けるのが得意ですからね。綾歌藩を表に出した以上は、一戦交える覚悟はしなければなりますまい」

城之内は槍を突き出す真似をした。

「いつも大袈裟だね、城之内は。いえ、心配性もそこまでくると、上等だわね」

「そんな……もう少し、拙者のことも考えて下され」

「苦労している方が、気が張って丁度良いのでは？　さて、相手がどう出てくるか。しばらく様子見といきますか」

　ふざけた桃太郎君の態度に、城之内は呆れ果てていた。


　その頃――。

　堀切は、山下門内の武家屋敷にて、恰幅の良い身分の高そうな侍と会っていた。ふたりだけで、他には誰もいない。

　もっとも門外には松明が掲げられ、仰々しく警固の侍が立ち並んでいる。

　ここは、老中・立花周防守胤元の屋敷である。表向きは、勘定奉行所の改革と新たな公儀普請の算定額について、幕閣に諮るための話し合いであった。が、実際は、普請問屋に向けた〝入れ札〟談合の手筈と、堀切の昇進についての密談であった。

　だが、立花周防守は、綾歌藩の桃太郎君の名前を聞いて、疑念が膨らんだ。ギロリと睨む立花の顔は、ふだんの大人しそうな面立ちとは印象ががらりと違った。

「どういうことだ、堀切……」

　堀切は鷹狩り場であったことを話し、綾歌藩の屋敷まで食材と金を運んだことを伝えた。すると、さらに立花の顔は憤怒の表情に満ちてきた。

「油断しおったな。儂は、桃太郎などという奴には会ったこともないし、〝あの御仁〟と呼ばれる仲でもない」

「やはり……そうかとは思いましたが、上様の〝はとこ様〟でございますれば、事を荒立てぬ方がよいかと思いました。実は、南町の大岡越前も、昇太や秋月に関して問い合わせてきておりましてな。警戒はしております」

「にも拘わらず、言いなりになったか」

「ご安心召されませ。綾歌藩の若君に渡したのは、それこそ偽金でございます」

「……」

「その金を、奏者番になりたい一心で、立花様……いえ、他の幕閣の誰かに渡したとすれば、大事になりましょう」

「だが、封印小判は『難波屋』のものであろう。おまえと儀右衛門の仲は周知のこと。疑いが生じれば、儂との関わりも……」

「偽小判のことは、私は何も知りませぬ。ましてや、立花様にも」

堀切は心配ないと断じた上で、

「万が一、齟齬が生じれば、『難波屋』ひとりのせいにできます。代わりの両替商など、幾らでもおりますれば」

「――さようか……」

まだ腑に落ちない顔をしている立花に、堀切は持参した千両箱を差し出した。

「儂にも偽金か」

「ご覧下さいませ……これは、紛う方なき本物でございます。今日、金座から見本として届いたばかりの改鋳したものです」

「ほう……」

蓋を堀切が開けると、立花は無造作に取り出して、金座の後藤家の封印をしみじみと眺めてから切った。じゃらじゃらと子供が遊ぶように小判を床に転がすと、

「ふふ……いつ手にしても心地がよいのう……」

「これは、先に作った偽物の鋳型とそっくりそのままの鋳型を、新たに金座でこさえたものです。ですから、これまでの偽金も、本物として使うことができましょう」

「本物として……」

「もちろん、多少の違いはありますが……金の含有率の高い本物と鉛に過ぎぬ偽物を交換すれば、実質は丸儲けというわけです」

「なるほどな」

「これまでは、偽小判と一分金、二分金を両替することで、利を得ておりましたが、今後は堂々と使えるということです」

堀切が自信に満ちて話すのを、立花は頼もしそうに聞いていたが、やはり一抹の不安は消せないのであろう。

「気がかりなことがあるのだが……」

と立花は声をひそめた。

「実は、上様直々に呼び出されてな、巷（ちまた）に出廻っているという噂の偽小判について、探索をせよとのご下命があったのだ」

「ええ⁈　上様が、何故、ご存じなので」

「将軍直々に使える御庭番（おにわばん）が、市中に潜んで調べていたとのことだ。老中にも伊賀者や甲賀者はもとより、大目付や目付を使って、大名や旗本も含めて調べる権限がある。何がなんでも、贋作一味を見つけ出せとのことだ」

「さようでございまするか……如何（いかが）なさるおつもりで」

「調べて何事もなかったと上申すれば、この儂の探索が足らぬと責められよう。偽金が市中に出廻っているという事実は、御庭番が調べておるのだからな」

苦々しい顔になった立花は、いたたまれないように立ち上がり、部屋の中を歩いた。が、堀切は余裕の笑みを浮かべて答えた。

「むふふ……渡りに船とはこのことでは、ありませぬか」

「なに……？」

「偽金の一切を取り仕切っているのは、この私めと『難波屋』儀右衛門でございます。しかも、まもなく本物の改鋳貨幣として出廻るのです。これは見物ですぞ」

「どうするつもりだ」

「私に、妙案があります」

「妙案だと？」

「最悪の場合は、将軍の〝おいとこ様〟にお出まし願うだけです」

「何をする気だ、ぬしゃ」

「立花様はデンと構えていて下さいまし。かような千両箱なら、幾らでもお届け致します。その代わり、私を勘定奉行に……よしなにお頼み申し上げます」

「さようか。ならば、任せたぞ」

欲惚けた顔になる立花を、謙った態度で見上げる堀切も不気味な笑みに変わった。

五

根津権現の参道からさほど遠くない所に、秋月兵部の屋敷はあった。

立派な先祖累代の墓に比べて、傾きかけた襤褸家に見える。一応、冠木門はあるものの、雨風で色褪せ、腐りかかっていた。

町娘姿の桃香が、猿吉と木陰の道を探しながら歩いて来た。

「ここだ、ここだ。下谷大名小路に屋敷があるってから訪ねたけど……とっくに違うお武家が住んでたが、ここかよ……ひでえ所だなあ。別に見栄なんか張らなくても……」

と言いながら冠木門を潜ろうとした。そのとき、言葉にならない怒声と同時に、中間が玄関から転がり出てきた。

墓掃除をしていた、初老の中間である。その前に、仁王のように怒った顔で立っていたのは——羽織袴姿の田丸恵之介であった。

「亀助！　大丈夫か！」

屋敷の中から追って出てきた若侍は、秋月の忘れ形見、小太郎である。田丸を押しやるようにして、亀助と呼ばれた中間を庇って体ごと覆い被さった。

思わず駆けつけようとした猿吉だが、桃香がとっさに止めて、冠木門の陰に隠れた。

「どうしてだい」

「いいから……あの侍、堀切の家臣だ。偽金を運んできた」

「?!――」

声が洩れそうになったが、様子を見てみることにした。

さらに奥から、佐和が出てきて、必死に田丸に取り縋った。

「乱暴はおやめ下さい。亀助は足が悪いのです。何をなさるのです」

「ええい。邪魔だ、どけい！　もう一度、言ってみろ。中間ふぜいが、生意気な口をきくと許さぬぞ！」

「うるせえやい。何度でも言ってやる。おまえのような裏切り者は、万死に値する。秋月様の爪の垢でも煎じて飲みやがれ！」

大人しそうな印象だったのとは打って変わって、怒り恨みに満ちている態度だ。

「おのれッ……！」

踏み出そうとする田丸の裾に、佐和は必死にしがみついて、

「ご勘弁下さい。亀助は先代から仕えてきた中間。我が家のことは、誰よりも案じてくれてるのです。だからこそ、こんな荒れ屋にでも、付いてきてくれてます」

田丸は佐和を足蹴にすると、ズイと小太郎が庇う亀助の前に立った。

「もう一度、言うぞ、亀助……おまえが、お上に恐れながらと出ると言うなら、この場で斬らねばならぬ」

「どうぞ、斬っておくんなせえ。それで、田丸様の気が済むならば、どうぞッ」

「よう言うた。その気構えがあるなら、おまえが知ってることは、墓場まで黙って持っていけ。でないと、堀切様だけではない。上総佐貫藩もお咎めを食らうことになるのだぞ」

「讃岐藩も秋月家も関わりねえ……おまえが裏切っただけだ。裏切って、秋月様のせいにしてるだけじゃねえか！」

「貴様ッ。口を慎め。誰のお陰で、佐和殿と小太郎が食っていけてると思う。この俺がいなけりゃ、親子して今頃は物乞いか、野垂れ死にしてるぞ」

田丸は罵り続けたが、スッと立ち上がった佐和は凜とした顔になって、

「もうよい！」

と涼やかな声を張り上げた。

「そこまで言うのですか、田丸殿。私も秋月家の血を引く者としての矜持(きょうじ)があります。誰もあなたの世話になんぞなっておりませぬ。恩着せがましいことは、よして下さい」

「――ほう……」

俄に田丸の表情が変わった。憎々しげに佐和を振り返ると、ズイと擦り寄って、

「ならば、この先、親子ふたりして、托鉢(たくはつ)坊主の真似でもして好きな所へ行くがよい……下谷大名小路の屋敷を売り払っても、手元にはさほど残っておるまい。秋月の借金に吹っ飛んだのだからな」

「お黙りなさい……」

「その気丈なところ、娘の頃から、変わらぬな……そんなおまえが、俺も愛(いと)しかった……年増になっても、変わらぬ美しさだ」

佐和に近づきながら、その首筋に唇を這わせようとした。すぐに肩を押しやり、

「ふざけないで下さい」

「怒るなよ。若い頃は、理無(わりな)い仲と言われたふたりではないか」

「出鱈目を言わないで下さい！」

そう言いながら、チラリと心配そうに見ている小太郎に目を移した。

「本当なら、俺が秋月家に婿入りするはずだった。だが、おまえは……ふん、兵部の何処がよかったのかねえ……待てよ。もしかしたら、この小太郎も本当は俺の……」

「いい加減にして下さい」

「そうかもしれぬな……あの夏、月夜の晩……」

バシッと佐和は田丸を叩いた。そして、もっと強い言葉で罵った。

「裏切り者！　あなたは佐貫藩の殿様に不忠を働き、親友のうちの人……兵部を裏切った……亀助の言うとおり、万死に値する人です。かくなる上はッ」

佐和は激昂のあまり、懐刀に手をかけた。

「ほう。この俺を斬るか。上等だ。早晩、秋月家も潰れる。もはや生きていても仕方があるまい。惜しい女だが、そんなに死にたいのなら、最後の情けだ。手助けしてやる」

意地汚そうな顔になって、田丸は抜き打ち様、いきなり佐和に斬りかかった。

「何をする！　このやろう！」

夢中で佐和を庇う亀助を、とっさに田丸は先に斬ろうとしたとき、

「待ちなさい！」

と弾むように、桃香が踏み込んできた。その後ろには、猿吉も十手を鋭く突き出して、身構えている。

「何奴だ、おまえらは……」

睨みつける田丸に、猿吉は怒声を浴びせた。

「誰でもいいんだよ、このすっとこどっこい！　話は聞かせて貰ったぜ。どうやら、おまえも偽金作りに関わってるようだな」

「黙れ、下郎！」

「しかも、人殺しをしようってんだから、もしかして昇太を殺したのは、おまえか。秋月様を叩き斬ったのも」

スッ――と切っ先を向けて、田丸は猿吉に間合いを詰めた。

「余計なことに首を突っ込むと、後悔するぞ。いや、もう遅い。誰かは知らぬが、そこな町娘も一緒に、この刀に血を吸わせてやる」

猿吉に斬りかかったが、ひょいと身軽に飛び退った。その隙に、

「早くこちらへ」

と桃香は小太郎の手を引き、佐和に駆け寄って離れさせた。

田丸は顔つきが険しくなって、今いちど、一太刀を猿吉に浴びせようとしたが、からかうように避ける。そのたびに、田丸の刀は空を切って、鋭い音だけが響いた。

遠ざかる佐和と小太郎を振り返り、田丸は思わず追いかけた。

「待て！」

桃香はふたりを押しやると、両袖を広げて、まるで田丸を迎え撃つように構えた。

気合いとともに斬り込んできた田丸に、ヒラリと袖で目隠しをした隙に背後に廻った。さらに袖を搦めて引き倒すと、田丸は背中から床に落ちた。それでも反転しながら飛び上がると、刀を構えて桃香に斬りかかった。

その田丸の額に——猿吉の独楽が鋭く回転しながら飛んできて、軸が額に突き刺さった。そのまま独楽は廻り続けている。

「うぎゃあ！」

思わず刀を投げ出して、額の独楽を取ろうとしたが、今度は鋭い回転に指が切れて血飛沫が飛んだ。悲鳴を上げて崩れる田丸のドテッ腹に、跳ねてきた猿吉が体ごと乗って、両足で踏みつけた。

「何事だ！　田丸様！　如何しました！」

近くに待機していたのであろうか、堀切の家臣たちが数人、駆けつけてくるのが見えた。桃香はすぐに裏手に廻って、佐和と小太郎を逃がすのであった。亀吉も追った。

その足で――。

桃香たちは根津権現の参道を登って、境内に駆け込んだ。躑躅の時節には色鮮やかな境内だが、今は深い緑に覆われ、ひっそりとしていた。その静寂の中を、佐和と小太郎を案内し、知り合いである宮司に助けを求めた。

「――岡っ引の親分は……」

心配そうに佐和は振り返ったが、桃香は大丈夫だと言って、社務所の一角を借りて、母子を匿った。

「助けていただいて、ありがとうございます。あなたは一体、どういうお人なのです」

佐和は不思議そうに桃香に訊いた。

「いつぞやは、大岡様の内与力という方とご一緒でしたが」

「ただのじゃじゃ馬、あ、いえ野次馬です」

「そんなこと……」

「とにかく、今はお宅に帰るのは危のうございます。小太郎さんも、さぞや怖かったことでしょうに」

　小太郎の方を振り向くと、なぜか悔しそうに拳を握りしめていた。そして、突然、噎び泣くと佐和に向かって、

「何故ですか、母上。あの田丸は、父上を殺したのではないのですか。しかも、母上を侮辱している。罪を親友の父上に押しつけた上に、殺したに違いない。なのに、どうして仇討ちをしないのです！」

　と震える声で言った。

　亀吉も同じ思いなのか、部屋の片隅に控えたまま、怒りに震えている。佐和は桃香がいるのを気遣ったのか、「何を言うのです」と制したが、小太郎は感情を抑えきれなくなったのか、一気呵成に言った。

「私は知ってます。もう子供扱いしないで下さいまし」

「小太郎……」

「田丸恵之介という男、あいつは若い頃、母親に横恋慕していた。だから、夜這

いをして手籠めにしたって聞いたことがあります」

「なんということを、はしたない！」

「でも、私は父上と母上の子です。あんな奴は絶対に父親などではない」

　自分に言い聞かせるように、強い口調で小太郎は続けた。

「さっき自分で言ってたとおり、田丸は、上総佐貫藩で重職を担う秋月家に入り込もうとしたけれど、母上は父上を選んだ。そのことで、あいつはずっと父上を恨んでいた。どうやって出し抜くかばかりを考えていたような奴なのです」

「おまえ、どうして……小太郎……」

「私だって秋月家を継ぐ身です。父上からも、おまえだけが頼りだ、母上を守れよと、よく励まされました」

「……」

「父上が借金をしたのだって、あいつの罠です……藩財政が傾き、財務方の秋月家が御公儀に援助を申し出た折、田丸は予てより昵懇だった、勘定組頭の堀切と結託して、秋月家に多額の借金を作らせたのです。そうではありませぬか、母上」

「分かってます。でも、それは父上も承知の上のこと……」

佐和も怒っている。だが、息子がここまで知っているとは思っていなかったのか、圧倒された顔で見つめていた。

「だったら母上……父上が偽金作りに加担したというのですか」

「それは……」

「私はそうは思いません。父上は清廉潔白なお人で、嘘や偽り、人を騙したり陥れたりすることが大嫌いでした。武士として何事に対しても、正々堂々としていたと思います」

「私もそう思ってます」

「田丸は、藩ではなく、秋月家が借金を被る形にして、かなりの援助を公儀から得ることができました。そのお陰で、藩は助かった……ですが、父上に返済の当てはない」

「……」

「だから、父上は藩を辞めざるを得ず、浪々の身となり、それを救う形で、堀切家に入ることができました……でも、それが罠だったのです。偽金作りは、その時から始まっていたのです」

そこまで小太郎が話したとき、佐和は深い溜息をつきながら、

「――もういい……もう分かった、小太郎……そもそもは私が悪いのです……秋月家を潰す気かと父上を罵ったがため……父上は、借金を被った上で、その見返りに……偽金作りに手を貸したのです」

「母上……父上はそんなことは……」

しないと、ハッキリと言ったが、虚ろな目になって、佐和は否定した。

「父上も承知していたことです。魂を売ったのです……秋月家の存続のために……おまえに当主として継がせるために」

「……」

「秋月家さえあれば、また上総佐貫藩にも戻ることができます。お殿様も、それを望んでいるのですからね」

佐和は綺麗事だけで政事はできない。だから、秋月兵部はあえて毒を飲んだのだと、静かに話して聞かせた。得心できない小太郎だが、佐和はそれが真実だと伝えた。

「――それじゃ、あんまりだ……汚名を着せられたまま殺された父上が、可哀想すぎる……それを命じた田丸が、のうのうと生きてるのは、おかしいじゃないか」

そこまで聞いていた桃香は、あえて厳しい声で言った。

「差し出がましいようですが、秋月様のことも色々と調べております」

「えっ……」

佐和と小太郎は、凛とした顔つきの桃香を見やった。

「小太郎さん。田丸ひとりをなじったところで、解決はしませんよ。その後ろには、堀切はもとより、もっと偉い人がいると思います。ですから、佐和様も、堀切や田丸に仇討ちをしたところで、本懐を遂げたとは言えないのではないでしょうか」

「ど、どういうことでしょう……」

「命を取ることだけが、仇討ちではないと思います。上様に申し出て、ぐうの音も出ないよう懲らしめることが、秋月様の本当の供養になるのではありませんか」

決然と言う桃香は、明らかにただの町娘ではない。まるで後光が射している観音様のような姿に、佐和は思わず見惚れた。

「――あなたは、一体……本当は、どなたなのです」

「言ったでしょ、ただの野次馬です。でも、悪いことだけは、絶対に許せません」

桃香は母親を早くに亡くしている。そのせいか、母子の姿を愛おしそうな目で見ながら、大きく頷くのであった。

六

「なに、仕留め損ねただだと？」

「申し訳ありませぬ。まさか、邪魔が入るとは思いませなんだので」

「詰めが甘いな。昔、惚れた女だからといって、情けにほだされたのではあるまいな」

「いいえ、次は必ず……」

「いや、もう捨て置け。下手に殺して、大岡が出しゃばってきたら、もっと厄介だ」

ぼそぼそと話しているのは、佐和と小太郎を殺し損ねた田丸と、それを命じた堀切のふたりであった。

田丸の額には、猿吉の独楽で受けた、痛ましいほどの傷がある。

ゆらゆらと行灯が揺れる中、堀切は千両箱を前にして、余裕の笑みを浮かべている。欲で突っ張っている顔である。田丸は怯えたように、俯いたままだ。

床の間の刀掛けには、若狭正宗がある。それにすっと堀切が手を伸ばすと、田丸はギクリと上擦った声で、

「御前……私は……」

「案ずるな。おまえは殺しはせぬ。秋月と違って、使える奴だ。それだけ薄汚れているということだ。むふふ。奴は最後の最後に、魂を売ることができなんだが、おまえは武士の矜持なんぞ反吐みたいなものだと、きれいサッパリ拭いおった」

「——お、畏れ入ります……」

「だが、俺への忠誠心は、まごうかたなき真実であろうな」

「もちろんでございます」

「ならば、今ひとつ、成し遂げて貰いたいことがある」

「なんでございましょう」

「勘定奉行の安藤主計亮を……殺せ」

「えっ……！」

緊迫した田丸に、堀切は冷ややかな目を向けたまま、

「驚くことはあるまい。安藤がおれば、俺が就くことができぬ。奴も散々、俺から賄賂(まいない)を受け取っておきながら、なかなか座布団を譲ろうとせぬ」

「しかし、それでは……あまりにも、あからさまですから、下手をすれば……」

「下手をすればなんだ。俺の首が飛ぶとでもいうのか。心配無用……このことは、老中の立花周防守様もご承知のことだ」

「そ、そうなのですか……」

「一々、驚くな。おぬしも、その手で、親友を殺したではないか。この若狭正宗の切れ味を試してみたいと申して」

「……」

「秋月はなかなかの奴だった。命乞いをするどころか、己が招いたことだと覚悟をした。罠に嵌(は)めた、おまえを詰(なじ)ることもなく、潔く死んでいった……藩に迷惑をかけず、秋月家の存続だけを祈ってな」

　堀切が秋月のことを誉めるほどに、田丸は悔しそうに体を奮わせた。

「おまえが浮かぶ瀬は、ここにしかない。勘定奉行となった俺の家臣であり続けることで、思うがままの贅沢(ぜいたく)ができるのだ。貧乏侍は嫌だと、泣いて縋ったのは誰だったかな」

「――相分かりました」

「手段はおまえに任せる。ただ……」

近くに寄れと手招きをした堀切に、田丸が身を屈（かが）めて膝を進めると、

「その場に……これを捨て置いておけ。むろん、安藤の血で汚してな」

と一本の脇差しを渡した。

あっと目を見張った田丸に、堀切はニンマリと微笑んだ。

「おまえが、讃岐綾歌藩の若君から拝領した脇差しだ」

「それは名案ですな」

「しかとやれ。必要な手下は、幾らでも出してやる」

真剣な顔で頷いた田丸は、その夜のうちに同じ番町にある勘定奉行・安藤の屋敷を訪ねた。老中から火急の用があるから、山下門内の立花周防守邸まで来て欲しいと頼んだ。これも、堀切の案である。

安藤は田丸と面識はあったものの、老中からの使いというのに違和感を感じた。

「堀切様はすでに参っております。どうぞ、お急ぎなさって下さいまし。裃（かみしも）を着る必要はないので、普段着のままでとのことです」

田丸が丁重に誘うと、安藤は仕方がないと頷いて、

「分かった。すぐに行くと先触れしておけ」

と命じた。

「ハハッ――」

すぐに踵(きびす)を返した田丸は、半蔵門(はんぞうもん)近くのお濠端(ほりばた)で待ち構えていた。石の辻灯籠(つじどうろう)があるだけで、辻番の明かりもすでに消えている。

しばらくすると陸尺(ろくしゃく)に担がれた武家駕籠が近づいてきた。供侍も数人いた。緩やかな坂を下って桜田門(さくらだもん)の方に向かい、濠沿いの道をぐるりと廻って山下御門に行く。

その駕籠の前に、暗闇に潜んでいた黒装束の一団が突然、現れた。

不意打ちを食らわすように手裏剣が飛んできて、矢が放たれる。供侍はワッと声を上げながら、駕籠を庇って立つが、矢も飛来した。懸命に避ける供侍たちに向かって、十数人の賊が迫ってくるのが見える。

たまらず逃げ出す供侍たちを見るなり、賊は槍を駕籠の扉越しに突きつけた。

田丸も駆けつけ、扉を開けて止めを刺そうとすると、中には、誰も乗っていなかった。

「?!――」

田丸はシマッタと声を洩らし、息を呑んだ。供侍たちが逃げ出したときに気付いておくべきであった。

「御用だ、御用だ！」

町方の御用提灯（ちょうちん）があちこちで光った。同時に、交替で辻番に詰めている旗本家臣や城門の番兵をしている大名家臣らが、槍や鉄砲、弓などを抱えて突進してくるのが見える。

黒装束たちは一斉に逃げたが、捕縛に来た番兵たちの方は数十人はいるであろうか、遥かに数が多かった。

「引け、引け！」

叫びながらも田丸は、仕方なく駕籠の近くに、抜き払った脇差しを捨て置いて、自分も立ち去ろうとした。だが、行く手を阻む大勢の番兵たちに、もはやこれまでと観念したのか、その場に座り込んだ。

その頭上に槍が次々と突きつけられ、微動だにできなかった。

直ちに――。

田丸は、南町奉行所に引き立てられ、夜を徹して、吟味方と称した犬山に、詮議所にて、きつく尋問をされた。

「拙者は、堀切鉄之信様の家臣、田丸恵之介という者だ。町方に捕らわれ、かような仕打ちを受ける謂われはない。そもそも拙者は、堀切様に頼まれて、老中の立花様宅へ来るようにと、勘定奉行の安藤様に使いに行っただけのこと」

懸命に田丸は言い訳をした。大捕物によって逃げ場を失ったり、濠に飛び込んだ手下たちが、すべて捕まったかどうかは、田丸には分からなかった。伊賀者崩れや腕利きの浪人を、堀切がかねてより偽金で雇っていたことは、田丸も承知している。だが、何も知らないと言い張っていた。

「私は、堀切様の家来のひとりに過ぎませぬ。何故、こんなに雇えましょう」

「だが、おまえも、あの場にいた」

犬山が問い詰めると、田丸は必死に言い訳をした。

「それは当たり前でございます。安藤様が出かけてくるのを、私は待っていたのです。そしたら、あの騒動……止めに入るのが、当たり前ではないですか」

「だが、駕籠の中にはいなかった」

「……」

「何故だと思う？」

「さあ……」

「安藤様が、おまえを疑ったからだ。その理由は……老中の使いは、すでに一刻も前に、来ていたのだぞ」

「えっ……!?」

田丸は訳が分からぬとばかりに、目を見開いた。それをじっと睨みつけた犬山は、ゆっくりと言い聞かせるように、

「おまえがハメられたのだ。分かるか」

「どういうことだ……」

「堀切は、おまえを人殺しとして捕まらせるために仕組んだのだ」

「嘘だ」

「残念だが、本当だ。どうやら、おまえも始末にかけられたようだな。秋月を裏切り、堀切の悪事に加担したツケが廻ってきたのであろう。観念するか」

罪を認めよと、犬山は強く言ったが、田丸は訝しげに見上げた。

「秋月を裏切ったと言ったな。何故、さようなことを……」

「知りたいか」

犬山が傍らにいた同心に頷くと、廊下から町娘姿の桃香が入ってきた。

「ほんと、残念だったわね」

「！……」

田丸は眉間に皺を寄せて、桃香を見た。

「佐和さんと小太郎さんを殺し損ねた上に、勘定奉行まで仕留め損ねましたか。本当に間抜けねえ、あはは」

人をからかうように、桃香は軽やかに言ったが、田丸は睨み上げたまま、

「知らぬな、おまえなんぞ」

「額に一生残る傷を付けられたのだから、もう言い逃れはよしましょうよ」

田丸は思わず、額の傷に手をあてがった。

「もっとも、一生と言っても、間もなく獄門に掛けられるかもしれないけどね。正直に話せば、罪一等くらいは減るかもよ」

「ええい。黙れ、黙れ」

怒りに任せて、田丸は犬山に訴えた。

「これは何の座興だ。俺は本当に、安藤様を助けようとしただけだ」

それを受けて、犬山が立ち上がり、さらに強く責め立てた。

「言い訳無用。罪を認めよ。そして、堀切のしてきたことを、すべて吐くがよい」

「知らぬ。俺は何も……あ、そうだ……あのとき、安藤様の駕籠を襲った賊の中に、誰かは知らぬが、若侍がひとりいた」

「若侍……」

「そうだ。華奢な感じだが、どこか身軽な感じで、手にしていた脇差しを抜いて駕籠を狙っていたと思う。俺が駆けつけて声をかけると、そいつは慌てて逃げおった。そのとき、脇差しを落としていったはずだ。よく調べてくれ、あるはずだ。そいつが首謀者に違いない。俺は関わりない」

懸命に田丸が言うと、桃香が袖に隠し持っていた脇差しを出して、

「これのことか？」

と訊いた。

「あっ。たしかに、それだ。白い柄で、鞘には葵の御紋があったはずだ」

「そこまで言うと、わざとらしくないですか、田丸さんとやら……これをあなたに預けたのは、私ですよ」

「……」

「お金を沢山頂いてありがとう。堀切さんにどうぞよろしくって」

桃香はチュッと口づけをする真似をした。

「?!――え……ええ……?」

「堀切様の狩り場で、お会いしたわよね。その後すぐに、うちにいらしたわ」

田丸は何事が起こったのか、分からない様子で見ていた。

「でも、まさか秋月さんの親友で、佐和さんたちまで手に掛けるとは思ってませんでしたわ。驚き桃の木、桃香の気でしたわ」

「ふ、ふざけるな……」

事情を徐々に察した田丸は、桃香の顔を凝視して、そういえば……という表情に変わってきた。そして、思わず腰を浮かせた。

「お、おまえ……! まさか、おまえが罠にかけたのか!」

「違いますよ。助けてあげたのですよ。堀切から」

桃香が微笑みかけると、犬山がスッと田丸の前に立って、扇子を突きつけた。

「若君は女装癖があってな、おまえの動きをずっと探っておったのだ」

「女装……」

「洗いざらい話せば、上様のご親戚であるから、なんとか命だけは助かろう」

「ま、まことか……」

「さて、どうする。ここが思案のしどころ。おまえを捨て駒にした奴を守るか、偽金を作り、上様を謀り、幕府の威信を貶めようとした奴を庇い続けるのか」

犬山に迫られて、田丸は悔しそうに肩を落としながらも、縋るような目になって、桃香を見るのであった。

七

翌早朝——堀切の屋敷の近くには、白綾の鉢巻きで白装束に身を包んだ、佐和と小太郎が潜んでいた。

旗本としては微禄の勘定組頭とはいえ、御殿詰勝手方だけあって、長屋門には威厳がある。ゆっくりと軋み音を立てて開くと、堀切が中間や鋏箱持ち、供侍をふたり連れて出てきた。

「いざ……！」

佐和は小太郎に頷くと、素早く堀切の行く手に立ちはだかった。

すぐさま供侍が前に出て「何奴だ」と気迫の籠もった態度で身構えたが、佐和は朗々とした声を発した。

「勘定組頭、堀切鉄之信でございますな。秋月兵部の妻、佐和と一子、小太郎、武門の義によって、仇討ち致します。尋常に勝負下さいますよう、お願い申し上げます」

佐和が小太刀を抜いて構えると、小太郎も少し屁っ放り腰ながら、刀を抜き払って青眼に構えた。ふたりとも気迫が漲っており、供侍も思わず抜刀した。

だが、堀切は小馬鹿にしたように、

「仇討ちなどされる謂われはない。見逃してやるゆえ、立ち去れい」

と堂々と追っ払った。

「問答無用。刀を抜かれぬなら、遠慮なく成敗致します」

「成敗……だと？　何様のつもりだ」

「人は騙せても、天を欺くことはできますまい。いざ、尋常の勝負を！」

「下らぬ。やれ」

面倒だとばかりに堀切が命じると、供侍は斬りかかった。すると、小太郎の刀の切っ先が意外にも素早くふたりの小手を斬り、パカッと傷口が割れた。へなちょこ剣法に見せかけたのは、どうやら相手を油断させるためであったようだ。

小太郎は素早く上段に構えながら、右足を引いて左半身になると、次の瞬間、踏み込みながら、相手の喉元を突いた。

「うわっ――！」

相手は必死に避けたが、ふたりともほとんど同時にわずかに顎を切られた。

田丸と同じ香取神刀流の技である。小太郎は父の秋月兵部から、幼い頃から教えて貰っていた剣術を駆使して、仇討ちを完遂しようとしていた。むろん、相手の顎を切ったのは、喉を突き抜いて殺さぬためだ。

――狙いは、堀切のみ。

と心得ていた。

中間や鋏箱持ちなどは腰を抜かして、地面に転がっていたが、堀切はとっさに鞘袋を捨てて、刀を抜き払おうとした。

だが、素早い小太郎の一太刀が、柄を摑んだ堀切の腕に伸びた。

「ああっ！」

堀切は抜刀することもできず、その場に跪いた。その首根っこを目がけて、小太郎は峰に返した刀で鋭く打ち込んだ。鎖骨が折れたようなグキッと鈍い音がして、堀切はさらに屈み込んだ。

「母上！　止めを！」

小太郎が気迫をこめて叫んだときである。

「お待ちなされ。そこまでだ！　殺してはなりませぬ！」

駆けつけてきたのは、犬山であった。緊迫した顔で、今にも小太刀で堀切を目がけて斬りかかるのを、犬山は羽交い締めするように止めた。そして、必死に踏ん張ると、

「命を取るだけが仇討ちではない。若君はそう言うたはずだが、忘れたのか」

「えっ……？」

佐和は犬山の言葉に困惑したが、小太郎は「ならば、自分が」と峰打ちにしていたのを、刃の方にひっくり返した。

「やめなさいッ」

犬山は佐和を押し倒すと、素早く小柄を投げて、小太郎の袖に当てた。一瞬、止まった隙に、堀切は脇差しを抜いて、小太郎を斬ろうとしたが、跳ねるように近づいた犬山は、猛然と蹴倒した。

「堀切殿……今日は城中の上勘定所には行かず、このまま辰之口（たつのくち）の評定所まで、一緒に来て下さいますかな」

「な、なんと……」

「そのお誘いに来た時に、この騒ぎ。偽金について、じっくりとお伺いしたいと、

評定所からの使いで参ったところです」

と犬山は『下達』の文書を、ぶっ倒れている堀切に突きつけるのであった。

そのまま、評定所に来た堀切は、怪我の手当てを受けて後、大目付、目付、寺社奉行、勘定奉行、町奉行の〝五手掛かり〟での取り調べに対して、冒頭から不満を噴出させた。

評定所とは大名同士や旗本などの裁判を扱う、幕府の司法に関わる〝最高決定機関〟である。老中や若年寄に対して上申して裁決を受けるだけであり、将軍はまさに形式的に了承するのが慣わしだった。

このような場に、何故、引っ張り出されなければならないのか不愉快だと、堀切は申し述べたのである。しかも、覚えもない仇討ちをされそうになった直後だけに、憤懣やるかたない思いで満ち溢れていた。

進行係は月番で交替で行われるが、本日は南町奉行の大岡越前が担当、勘定奉行の安藤主計亮も評定衆として裁断に加わっている。

さらに、大目付ら五人と評定所役人らの他に、老中の立花周防守も臨席していた。

ひとしきり堀切の〝御託〟を聞いてから、大岡はおもむろに、本題に入った。

「今日は特別に、ご老中の立花周防守様にもおでまし願っておる。上様も大変、気がかりな事件ゆえでござる。その旨、心して、正直に答えなされよ」

大岡の威厳ある態度に、堀切はふて腐れたような顔つきのままだったが、その目をチラリと立花に向けた。救いを求めるようなものだったが、立花は無視していた。

視線に気づいた大岡だが、あえて何も言わず、堀切に問いかけた。

「偽小判が出廻っておる。偽の一両を両替商で、一分金や二分金に替えて、儲ける仕組みだ。その上、封印小判は中身が分からぬゆえ、決済に使われておる。かような状況にして、世の中を混乱させたる罪は、断固、許し難い。正直にすべてを話すがよい」

いきなり本題に切り込まれて、堀切は一瞬、言葉を失った。

「しかも、新しく改鋳した小判は、おまえが偽小判として作ったものと、ほとんど同じである。鋳型を作った末吉という職人が、町奉行所にて証言した」

「……」

「末吉とその妻を襲わせたのも、おまえであることは、田丸を含め、雇われた浪人たちがすべて吐いておる。むろん、秋月兵部を口封じに殺したこともな」

ここまで大岡がハッキリと責めても、堀切は知らぬ顔をしていた。あくまでも自分は何もしていない。にも拘わらず、秋月の妻子に逆恨みされて襲われたと言い張った。仇討ち状もなく、狼藉を働いた親子こそ裁くべきだと息巻いた。

「見て下され、この怪我を……下手をすれば、殺されていたのですぞ。何もしていない拙者が、何故、狙われなければならぬのです」

「偽金のことは、知らぬ……と」

「知らぬと何度も言っております る」

「では、これは何かな」

大岡に指図をされた評定所役人が、千両箱を運んできて、堀切の目の前に置いた。

「讃岐綾歌藩の継嗣であらせられる松平桃太郎君に、届けたものに相違ないな。中には、偽の封印小判とともに、他にも贈答した数々の品の目録も入っておる。篤と見てみよ」

「知りませぬ」

確認もせず、堀切は答えた。

「惚けても無駄だ。田丸は正直に話した」

「いえ、知りませぬ」

「家臣が嘘をついているというのか」

「秋月同様、浪々の身であった者を拾ってやっただけでござる。拙者の名を語って、悪事を働いていたとしたら、こちらこそ迷惑千万。どうぞ大岡様のお力で探索して下され」

「無駄だ、堀切……」

呼び捨てにして、大岡は今一度、評定所役人に目配せをすると、奥の部屋から、渡り廊下を伝って、楚々とした雰囲気で来たのは——若君姿の桃太郎君であった。

「重要な証人として、恐れながら親藩大名の若君に、ご臨席賜った」

大岡は桃太郎君を招いて、堀切と対座できるよう計らった。それでも堀切は、平然と桃太郎君を睨みつけていた。

「無沙汰しておる……というほどでもないか」

桃太郎君の方から声をかけたが、堀切は惚けた。

「はて……」

「狩り場で猪を仕留めた時、会うたではないか。その夜、これを戴いた」

「とんと、覚えておりませぬ」

「あの折、私は金が欲しいと申し出た。奏者番になるためには、賄賂が要る。そのために無心をしたら、快く引き受けてくれた。すぐにでも、御老中の立花様にお届けしたかったのだが、見れば『難波屋』の封印ではないか」

「……」

「偽小判を扱ってる噂がある、成り上がりの評判の悪い両替商ゆえな、念には念をと封印を切ってみたら、これが偽小判ばかり……かようなものを、立花様に献上しては申し訳ないと思い、屋敷に留めておいたのだ」

じっと堀切を見据えて、桃太郎君は名調子で続けた。

「そして、調べてみたら……やはり偽小判だった。なので、かねてより知り合いの大岡様にお届けしたのだ」

「……」

「私も、江戸家老の城之内らをして、色々と調べた。そしたら、両替商の『難波屋』とあなたは殊の外、昵懇。手代の昇太殺しや秋月さん殺し、さらには秋月さんの奥方と子息、その上、勘定奉行の安藤様まで……自分にとって不都合な人を殺そうとした。いずれ、私も殺すつもりかな？」

「まったくもって……大岡様。茶番はもう終いにして下され」

「茶番はそっちだ。勘定奉行になりたいがため、偽小判を何人かの幕閣に渡したようだが、お笑いなのは……立花様にも、偽金ばかりを付け届けしていたってことだ」

桃太郎君がそう言った途端、

「なんだと！」

と思わず、立花が腰を浮かして声を洩らした。

「おやおや。やはり、貰っていたのですね、立花様も」

「！……」

「偽金で嬉しいのなら、この千両箱も受け取って、私を奏者番に推してくれませんか。その堀切を勘定奉行にするより、何かと役に立てると思いますよ」

立花は気まずそうに黙りこくると、安藤が静かに言った。

「他の幕閣に渡っていたのも、偽金……私が権限をもって調べました。てっきり、立花様だけには本物だと思ってましたが。堀切……おまえは、相当な策士だな」

堀切は首を振りながら、

「——立花様……こやつらの出鱈目を信じてはなりませぬぞ。私は、あなた様には何も差し上げておりませぬし、賄賂などとんでもないことでございます」

と言ったが、立花はじわじわと悔しそうな表情になっていった。

「儂は……誰ひとり信じていない……上様とてな……政事とは一寸先は闇、周りはみな敵ばかりだ……だが、おまえだけは信じていたのだ、堀切……」

「立花様、騙されてはなりませぬ。これも、大岡得意の罠ですぞ」

苛立って声を荒らげた堀切に、大目付や目付、寺社奉行らも不審な目を向けていた。その冷ややかな空気が、評定所中に広がっていくのを、堀切も感じていたのであろう。

「違う！　私は何も知らない！」

叫び声になったが、立花は覚悟を決めたのか、自分も偽金で儲けようとしたと、正直に白状した。

「偽金作りや、筋書きはすべて堀切に任せていたが……薄々は感じていたが、自分まで騙されていたとは、この立花……どうやら焼きが廻ったやもしれぬ」

それでも、知らぬ存ぜぬを決め込む堀切に、大岡は言った。

「実はな、堀切……『難波屋』の主人、儀右衛門も、おまえの言いなりになったと認めておる。手代の昇太と鋳金細工師の末吉も、すべて正直に話した」

「……」

「刀剣目利きの神楽常次郎も、おまえの刀は人を斬ったものばかりだと話してお
る……だが、今般の一番の手柄は……」
　大岡は一同を見廻してから、
「深川の材木問屋『信濃屋』の若旦那、菊之助だ」
と断じた。
　驚いたのは桃太郎君だけではない。その場にいた者たちがみんな驚いた。
だが、桃太郎君以外の者たちが、意外な目になった理由は、
　——あのバカ旦那のお陰なわけがない。
という思いがあったからだ。
「どういうこと……？」
　桃太郎君は思わず大岡に訊き返したが、何も答えなかった。ただ、この場にい
る旗本たちが、公儀御用達の材木商で、桁違いの金持ちである『信濃屋』に、大
層、世話になっている様子だけは分かった。
「昇太も末吉も、菊之助の地所に住んでいた者だ。その者たちに危害が加わった
ことで、色々と調べていたらしい。大家として、当たり前のことだ、とな」
「そうなの……？」

嫌味な感じで、女たらしの顔しか、桃太郎君には思い出せなかった。

「とにかく——」

大岡は『難波屋』にもすでに、役人を送り込んでおり、偽金作りの証拠や堀切との関わりを示す帳簿などを押収しているという。

「証拠が出揃う前に、己が口から正直に話すよう、評定を設けたのだが、どうやら武士の情けが通じなかったようだな、堀切」

評定衆に取り囲まれて、まさに四面楚歌になった堀切は、

「俺だけが悪いんじゃない。みんな悪いんだ。俺が何をしたというのだ。賄賂を欲しがったのは、幕閣たちではないか。偽金だろうが何だろうが、受け取った奴も腹を斬れ！」

と絶叫した。江戸城中に響き渡るような、悲痛な声だった。もう誰ひとり、堀切を庇う者はいなかった。

その直後——。

立花をはじめ、堀切から賄賂を渡された幕閣は、将軍吉宗より、隠居、謹慎蟄居などの懲罰を受けた。もちろん、桃太郎君は、犬山らと図って、偽金探索のため罠をしかけたのであるから、該当しない。

偽金作りに加担したと疑いのあった末吉も、無事に〝鞘番所〟から放免された。女房のお清も一緒である。

お清は何度も、昔の罪を訴えたが、大岡は、

「どこからも探索や追っ手がかかっておらぬ。殺したという証拠もなければ、調べようがない。よって無罪」

と裁決され、今までどおり、ふたりで暮らせることとなった。むろん、事情を知った大岡の温情であろう。

だが、材木置き場の番小屋は壊れてしまったから、菊之助が別の長屋を世話することにした。見かけによらず、親切なのだ。

その菊之助の店で、深川で一番の材木問屋『信濃屋』に、桃香が訪ねてきたのは、一連の偽金事件が片付いてからのことだった。

「おや、まあ、びっくり驚いた……いつぞやの可愛い子ちゃん。そっちから訪ねてきてくれるとは、やっぱり俺に惚れたからかい。なに、隠すことはないよう。相思相愛、相合い傘が似合うふたりだと思うぜ」

菊之助は少し舞い上がったが、いつものように調子のいい口調で、体をくねくねして、格好良いと思っているのか、扇子を半開きにしてヒラヒラと廻している。

「お借りしていた百両、お返しにきました」

「えっ……？」

「ほら、磔になった『難波屋』で……」

「ああ。ありゃ、差し上げたんだ。気にすることはねえよ」

「いえ、若旦那と同じで、私もちょっと偽金のことを調べるために、金を借りようとしただけで……」

「え、そうなのかい」

「けれども、これは本物でした。相手も警戒してたんでしょうね。だから、あなたのもの。どうも、ありがとうございました」

店の帳場の所に百両を置くと、桃香は翻って飛び出していった。

すぐに、菊之助は草履を履いて、

「待っておくんなんせえ。俺もあちこち探してたんだ。お茶くらい飲みやしょう」

と追いかけていくが、桃香は小走りになっていく。構わず、菊之助は疾走して後を尾けて、しだいに間合いが近づいていった。

「なあ、俺は千年、待ってたんだぜ。ずっとずっと昔からよ。ようやく、今生で会えたんだ。そんな、つれなくするなよ」

ようやく追いついた菊之助の手が、桃香の尻に伸びた。次の瞬間、「エイヤ」の掛け声とともに、菊之助は柔術で投げ飛ばされていた。その体は鞠のように宙を舞って、

――ドボン。

見事に掘割の水面に落ちた。

バシャバシャと手を広げて泳ぎながら、

「ちょいと、おい、待てよ……俺、苦手なんだからよ、水練はよう……金槌なんだからよ……おい、助けてくれよう」

必死に叫んでいる。

橋の上から見ていた桃香は、チョコンと舌を出して、

「ごめんね。頑張ってね」

と袖を振りながら立ち去った。

その先には『信濃屋』の材木が山のように積み重なっている。こうしてみると、深川の木場はその名のとおり、江戸の生業を支える材木だからなのだなあと、桃香は改めて感心した。

江戸の空は今日も青々と広がっている——と思ったとき、走ってきた誰かがドンと桃香にぶつかった。

よろめいて、一瞬しか見なかったが、羽織姿で潰し島田の年増の女である。

「若旦那！　一体、どうしたんです！」

年増女は迷うことなく、掘割に飛び込んだ。すいすいと泳ぎながら、菊之助の方に近づくと、巧みに背後に廻って体を支え、助けようとしている。

——な、なに……？

桃香は唖然となって、その様子を見ていると、どんどんと野次馬が集まってきた。あっという間に人だかりができて、みんなが力を合わせて、「若旦那！　大丈夫ですかい！」と梯子を立てたり、縄を投げたりして、助け始めた。

献身的な態度の人が次々と現れるのを、桃香は不思議そうに見ていた。

第三話　ろくでなし

一

さすがは江戸で一番の材木問屋である。間口が三十六間もある店は、町の一区画をしめている。

その裏手には、大横川(おおよこがわ)や海水を引き込んだ材木置き場がある。川には材木運搬用の船が常に往来しており、海水に筏(いかだ)のようにして木を浮かべておくのは、腐蝕を防ぐためだ。さらに周辺を囲むようにある何万坪もの埋め立て地には、石蔵や製材所がずらりと並んでいる。

大鋸(おが)を挽いたり、槌(つち)が叩かれる音は、深川の風物詩のひとつである。木屑(きくず)が海風に舞い上がって、庶民が干している洗濯につくこともあるが、これも江戸が豊かに暮らしていける証(あかし)である。

――おがくずを払うてのひら、ちょうが舞う。

材木問屋が林立する深川に住んでいて、文句を言う者は誰もいない。むしろ、今日も仕事があるということに喜びを噛みしめるほど、人々は大鋸屑に感謝していた。

深川の通りには、柿葺も疎らにあったが、ほとんどが瓦葺の町屋が建ち並んでおり、十字路に面した場所には〝角屋敷〟と称される三階建ての町屋が建てられていた。芝居小屋のような櫓を載せ、その外見も城郭の長屋櫓と見紛うようなのもあった。

これは、幕府が出来た当初、伝馬や鉄砲、大工など、公儀御用を請け負う町人たちが、国役を担うことの威厳を保つためのものだった。火事対策のため、慶安年間には既に三階建ては禁止されているものの、『信濃屋』のような〝草分け名主〟の家系は一部、認められていたという。〝草分け名主〟とは、家康が江戸入封したときに、随伴してきて江戸の町を作り上げた者たちのことだ。

ここ『信濃屋』も創業以来、材木商を営んできており、今の当主は六代目になるが、家業を継ぐと代々、元右衛門を名乗っている。「元」という文字は、家康が「元康」だった頃の文字を譲られたものだ。この「元」も、家康が人質として暮らした今川義元から諱として貰った文字だ。

元右衛門は名誉ある名として、永々と受け継がれていた。

「菊之助さんが、この名を継ぐのはいつのことでしょうねえ。楽しみにしてますよ」

『信濃屋』の奥の一室で、お勝はまるで母か姉のように、せっせと面倒を見ていた。どうやら、桃香に柔術で掘割に投げ飛ばされたとき、手首と足首を捻挫したようで、青く腫れ上がっているのだ。

お勝は考える間もなく、掘割に飛び込んで、金槌の菊之助を助けた年増である。

「それにしても、若旦那。昨日のじゃじゃ馬、一体、何者なのです。こんな目に遭わせて、本当に酷いったらありゃしない」

「いや、俺の方が油断したからな」

「私が見つけ出して、とっちめてやります」

「とっちめなくていい。実は俺、あの娘に岡惚れなのだ」

「えっ。あんな小娘のどこがいいのです」

「うまく説明はできねえが、なんかこう胸の奥がギュウっと熱くなって、はち切れそうなんだ。どうしようもないんだよ」

「信じられません……」

呆れ果てた顔つきになったお勝は、年増でありながら、少し嫉妬したように口元を歪めた。まだ艶々とした色香も残っている。とはいえ、二十五、六の菊之助には惹かれるものは何もない。

「飲む打つ買う。三拍子揃った天下の若旦那が、情け無用の乱暴な小娘なんか相手にしなくても、幾らでも言い寄ってくる美女がいるでしょうに」

「言い寄ってくるのは、俺様のこの役者みてえな男前の顔だちと、『信濃屋』ってえ莫大な財が目当てだろうよ」

「そんな女ばかりではありませんことよ。きっと、若旦那のお人柄に魅了されてる娘は、世の中に沢山、おりますって」

「人柄ねえ……嫌味な自信家で、人を見下し、優しさの欠片もない……との評判だってことくれえは、自分でよく分かってらあな」

自嘲した菊之助だが、本気でそのようなことは思ってないようだった。お勝は〝良き人〟だと承知しているからか、

「そうですね。もう少し素直になったら、もっといいかもしれませんねえ」

と微笑み返した。

そのとき、怒り肩で恰幅のよい、商人にしては貫禄のありすぎる主人が、店の

方から来た。当代の元右衛門である。古稀を過ぎたが、今も壮健で、材木を自分でも担ぐくらいである。

「若い娘に投げ飛ばされたんだってな」

「これは、お父様。恥ずかしながら、掘割に沈められてしまいました。もっとも、こっちは恋に溺れてしまいましたがね」

「相変わらずのバカだな。せっかく上方などに修業に出させたのに、輪を掛けてダメ人間になって帰ってきたではないか」

「そんなふうに言わなくても、自分の倅に……眉間に深い皺が寄ってますよ。もっと、人生を楽しまなきゃ」

「バカに説教はされたくない。そんな所で寝ころんでる暇があれば、地所を廻って集金でもしてこい」

「あーいー。そうしたいと存じますう」

人を食ったように言って跳ね上がると、菊之助は痛い足を引きずりながら、逃げるように店から飛び出していった。なんだかんだと言っても親父には頭が上がらないようで、居心地が悪いのであろう。

「困ったものだ……」

元右衛門が深い溜息をつくと、お勝は首を横に振って、

「いいえ。若旦那はあれで、色々と考えていると思いますよ。いずれ、きっと旦那様を凌ぐような大商人になる気がします」

と誉め称えた。が、元右衛門は鼻で笑い、

「いいや。あれは、大がつく、うつけものの、ろくでなしだ。先祖代々からの身代を潰され、店の暖簾を穢される気がしてならん……そんなことより、お勝。おまえの店は大丈夫なのか」

と店の方に戻りながら訊いた。

お勝の店とは、『東海屋』のことである。『信濃屋』の下請けの材木商なのだが、十数店ある傘下のうち、最も業績が悪くて、なかなか改善の見通しがなく、元右衛門は頭を抱えていたのだ。

『東海屋』の主人は、元右衛門の従兄弟にあたる満兵衛である。主に神社仏閣などの改築用の材木や江戸指物のような家具用の資材などの調達をしている。

しかし、満兵衛は元々、地道な商人だが、人に勧められるままに大豆や米の〝先物取引〟に手を出し、材木での稼ぎを注ぎ込んでいた。たまたま、財を大きく膨らませることができてきたからよいものの、米相場を安定させる八代将軍吉

宗（むね）の施策によって、莫大な利益は得ていない。むしろ、損を被（こうむ）るようになってきた。

「そのあたりのこと、おまえさんは、どう思うね……女番頭として」

お勝は『東海屋』の女番頭なのである。

女だてらに商売を極めようとしているが、実は元は武家女で、薙刀（なぎなた）の名手だった。名前のとおり男勝りで、満兵衛が三年程前に、生得的な勘の良さを見抜いて、商人になるよう勧めたのである。

武家といっても、下級幕臣の娘で、先祖代々、貧乏暮らしだったため、二親が亡くなったのを機に、一念発起して女商人となったのである。読み書き算盤は幼い頃から得意だったから、商家の暮らしは雑作もなかった。その上、先を読む才覚があったのか、単なる材木卸業者ではなく、先物取引や金貸しなどでも、かなり儲けていたのである。

満兵衛とは気があったようで、女房よりも一緒にいる時が長いから、

——ふたりは理無（わりな）い仲ではないか。

という噂も広がっている。

だが、そんなことはないと、ふたりとも否定している。元右衛門も信じてはい

るが、お勝にもけっこう〝山っ気〟がありそうなので、それが心配の種であった。

「商売は、ひとつことを全うするからこそ、〝まっとう〟と言われるのだからな。気弱さゆえに横道にそれるなと、満兵衛にも常々、話しておるのだが……ハイハイと答えながらも、聞く耳を持たぬな」

「どうやら、そのようで……」

「おまえもだ」

「いいえ、私は身代を守る番頭の立場ですから、天地神明に誓ってありません」

「菊之助も似たようなところがある。先祖の親戚にも何人か、ろくに働きもせず、賭け事の真似事をしては店を潰したり、地所を売らざるを得ない愚か者もいたそうだが……ああ、頭が痛くなるわい」

また絶望したような溜息をついた元右衛門に、お勝は屈託のない笑顔を見せて、

「旦那様。そういうのを杞憂ってんですよ。私の目に間違いはありません。菊之助さんは、類い希な大物商人になると思いますよ。大船に乗ったつもりで、任せてあげなさいな」

と調子の良いことばかり言った。

日除けほどある長い暖簾の外に――先程から、人相風体の良くない浪人が行っ

たり来たりしている。

　年の頃は三十半ばであろうか。無精髭を生やしているが、役者のような顔だちで、懐手にしている姿も様になった。一見しただけでは判断できないが、いかにも堂々としており、剣術の腕前もかなりありそうに見えた。

　出入りしている客たちの合間から、チラチラと見ていた元右衛門に、お勝も気付いて、

「旦那が相手にする輩じゃありませんよ。私が追っ払いますから……」

と言った。

「元武家女だからとて、無茶をするなよ」

「はい。気をつけますよ」

　ニコリと微笑んで店の表に出ると、急に賑やかな通りになる。

　お勝は浪人に向かってシッシと追っ払うような仕草をしながら、店の前から離れた。振り返ると、店の中から心配そうに見ている元右衛門の姿があった。お勝は一礼すると、先に歩き出した。

　富岡八幡宮の鳥居辺りにきたとき、そこにさっきの浪人が待ち伏せするように立っていた。お勝はその顔を見るなり、にっこりと微笑みかけながら近づくと、

「なんだえ、新さん……そんなに私に会いたかったのかえ」

と甘えるように寄り添った。

新さんと呼ばれた浪人は、人目憚ることなく、軽くお勝の肩を抱きながら、

「美味い鰻でも食いてえなあ」と言って、参道をぶらぶらと永代橋の方へ向かうのであった。

二

桃太郎君が、意気揚々と永代橋を駆けてきた。珍しく江戸城に呼ばれて、新しく赴任した老中から、なんやかやと在府大名の規律や、公儀普請への負担金の話を聞かされたのだ。

「ああ、やだやだ！　ケツが痺れる！」

袴の裾を奴のように持ち上げて走るのを、城之内や供侍の小松や高橋、中間らが追いかけてくる。が、桃太郎君の足は人一倍速いから、江戸湾からの海風をぶった切るように駆けてきた。

お勝と浪人者と擦れ違ったが、むろんお互い顔は知らないから、何事もなかっ

たように過ぎる——はずだった。が、桃太郎君が突風に煽られて、よろめいた瞬間、ガチンと鞘が浪人の刀に当たってしまった。

「あ、こりゃ失敬。とんだ恋の鞘当てだな……なんてね」

軽く挨拶をして逃げようとしたところ、

「待たれよ」

と浪人が声をかけた。

立ち止まって桃太郎君が振り返ると、浪人は不敵な笑みを浮かべて、

「拙者、かような浪人に過ぎないが、これでも武士の端くれ。鞘を当てて、ろくに挨拶もせず立ち去ろうとするとは、言語道断」

「え……？」

「惚ける気か。本来なら、尋常に勝負といきたいところだが、過ちを認めて、しかるべき金を寄越せば許さぬでもない」

「はあ……？」

「どこの若君か知らぬが、礼儀を習ってないのかな」

浪人は明らかに因縁をつけているのだが、桃太郎君は相手にしたくない。すると、お勝が浪人の袖を引いて、

「いいじゃないか、こんな若造。それより、さあ、無駄に過ごすのは勿体ない……早く楽しみましょうよ……ねえってばあ」

と甘ったるい声で諌めようとした。

そのお勝の顔を見て、桃太郎君はアッと指を差して声を上げた。

「?!——な、なんでしょうか」

お勝の方が吃驚して、目を丸くした。

「あ、いや、なんでもない。あ、そう……いや、そうなのか……」

「何を言ってるのだ、おまえは」

強面で浪人が近づいてくると、桃太郎君は橋の上を遅れてくる城之内たちを指し、

「あの者たちに言ってくれ。私は……急いでおるのだ……ああ、急いでおる」

と駆け出すのであった。

必死に『雉屋』の近くまで走ってきた桃太郎君は、暖簾を見て勢いを増し、一気呵成に飛び込もうとした。

その時、丁度、横合いから店に入ろうとした男が来て、ドスンとぶつかった。

衝撃で見事に転がった桃太郎君は思わず、

「何処を見てるのよ、もういや！」

と言ってしまった。

唖然と立っていたのは、菊之助だった。

「?!──あっ……」

桃太郎君はとっさに顔を隠して立ち上がると、恥ずかしそうに店の中に入った。

「おい……俺は、そんな趣味はねえぞ」

続いて暖簾をくぐった菊之助は、土間から店の奥に向かう桃太郎君の後ろ姿を見送りながら、「なんだ、あいつは」と呟いた。

すぐに帳場にいた福兵衛が出てきて、

「これはこれは、『信濃屋』の若旦那。如何致しましたかな」

と取りなすように声をかけると、菊之助はすぐに訊いた。

「今のは……？」

「え、ああ……若君です。讃岐綾歌藩の……うちは綾歌藩は御用達ですので」

「ふうん。なんだか妙な若君だな」

菊之助は頭を指して、くるくると廻した。

「何をおっしゃいます。桃太郎君は、上様の〝はとこ〟であられ、頭脳明晰な上に、情に厚く、清廉潔白で、事を為したるときは疾風の如き速さで……」

「ふうん、桃太郎ってのかい」

「そんなことより、若旦那がうちへとは、珍しいことですな」

「桃太郎ならぬ、桃香のことで話を聞きたくて来たんだ」

「えっ、桃香……！」

異様なほど吃驚仰天する福兵衛に、菊之助の方が飛び上がりそうになった。

「実は、桃香って娘が、『雉屋』さんの姪御さんだと人伝（ひとづて）に聞いて……桃香さんは、ここに住んでいるのかい？」

「あ、いや……桃香は、たまに来ることはありますが……」

「会わせて貰えねえかな」

「若旦那が、ですか……どうして」

迷惑そうな福兵衛の顔を見たが、菊之助は思い切って言った。

「嫁に欲しいんだ」

「えっ……これは、また急なことで……どうして、そんな……」

「いつぞや、ほらご主人も一緒にいたじゃねえか。ご公儀から大目玉を食らった両替商のところに、金を借りに来てよ」

「それなら、もうお返ししたはずですが」

「ああ、たしかに受け取った。でも、話はそのことじゃねえ。なんというか……いや、そのとき、一目惚れして、また会いてえって、恋い焦がれてたんだよ」

必死に訴える菊之助の姿を見て、福兵衛はそれこそ、どこか足らないのではないかと思った。本当に『信濃屋』のような立派な大店（おおだな）を継げるのかと心配になった。大岡（おおおか）の内与力、犬山勘兵衛（いぬやまかんべえ）からは、偽金作りについて色々と尽力があったと聞き及んでいるが、たった一度、会っただけの女を追いかけ廻すのは尋常ではないと感じていた。

「あの、若旦那……桃香の何処が良いのでしょうか。姪っ子でありながら、私にも摑（つか）みどころがない娘ですし、時に乱暴になりますし、とても『信濃屋』さんのような大店の嫁が務まる女ではありません」

「でも、会いたいのだッ」

菊之助は本当に胸を掻（か）き毟（むし）りながら、

「あちこち探したけれど、何処にもいない。名も知らぬ娘が、この心の中に棲み着いて離れないのだ。桃香という名だと分かったときには、天にも昇る思いだった」

「——あのとき、名乗ったと思いますが」

「いや、聞いてない。とにかく、俺は江戸中を探し廻った。なのに、幻か天女のように消えてしまった……ああ、この俺の胸のざわめきを、どうしたらいいんだ……そして、ようやく、ここを突き止めたのだ」

懸命に芝居がかった態度で、菊之助は訴え続けた。

「何処にいるのだ、桃香……ああ、桃香……頼む、ご主人。どうか、どうか、一目でいいから、桃香さんに会わせて欲しい」

すっかり呆れ返っている福兵衛だが、仕方なく頷きながら、

「分かりました、若旦那。もし、うちに来るようなことがあれば、また『信濃屋』さんに訪ねさせましょう。ですから、今日のところはお引き取り下さいませ。待っていても、ここには、おりませんから」

と奥の方が気になって振り返った。

小さな動きをけっこう察する菊之助は、疑う目つきになって、

「もしかして、今日も来ているのかい？」

と訊いた。

「いえいえ、来ておりません」

「奥が気になってるじゃねえか。てことは、やっぱり……」

半ば強引に店に入り込んで奥に行こうとするのを、福兵衛は止めた。着替え部屋で、桃香が町娘姿に〝変装〟しているであろうことを、承知しているからだ。

「およし下さい。奥には、先程、入ってきた綾歌藩の若君がおられます。仮にも親藩の若君です。無礼打ちにあいますぞ」

「俺だってね、上様以外には大概、会ったことがあるんだ」

「若君は上様にも何度も、お目にかかったことがある御仁です。謹んで下さい」

どうでも奥には行かせないと福兵衛が止めていると、番頭や手代も近づいてきて、なんとか押しとどめた。

「あっ、そうか……もしかして……」

菊之助は何を思いついたのか、ひとりで悶絶しながら、

「もしかして、桃香さんは、さっきの若君とできてるんじゃねえのかい。ああ、ひょっとして、若君とここで逢い引きしているとか……ああ！　そうなのかい？　綾歌藩とやらの若君と……ああ！」

と勝手に妄想して悩んでいる。

その様子を見ていた福兵衛は、微(かす)かに微笑むと、

「おっしゃるとおりです。実は、若君に嫁入りすることが決まっております。なので、どうか、話はこれでお終いにして下さい」

と適当に言った。

「ええっ……そうだったのか……そんな……あんまりだ……」

ガックリと肩を落とした菊之助に、福兵衛は半ば追い返すように、表通りまで手を引いて出た。そして、慰めるように、

「若旦那は美しい娘たちから、引く手数多だと噂に聞いております。私の姪っ子なんぞより、十倍も百倍も良妻賢母になる娘さんは、いらっしゃると思いますよ」

「——これで決心がついた」

「はい。それが、ようございます」

「俺は必ず、桃香を嫁にする。この手で抱きしめる。それまで諦めぬ。その決心を、今、この場で決めた。大名の若君であろうと、将軍の〝はとこ〟であろうと、俺は諦めねえ。必ず、奪い取ってやる」

菊之助は目を輝かせて、奮い立つのであった。

——逆に刺激してしまったか……。

と福兵衛がさらに諦めさせようと、桃香の悪口や悪癖を言おうとしたとき、目の前の道を、ひとりの若造が通りかかった。

まだ十四、五歳の子供だが、一端のやくざ者を気取ってるのか、通りがかる出商いの者たちに〝眼付ける〟ように睨んでいる。他に悪ぶった連れが、三人ばかりいる。

　すると、菊之助が福兵衛から離れて、悪ガキらの前に立った。

「銀次郎。おまえまだ、そんな面して、人にガン飛ばしてるのか」

　声をかけた菊之助に、ほんの一瞬、銀次郎と呼ばれた悪ガキは気まずそうな顔になったが、すぐに悪態をついた。

「てめえにゃ関わりねえだろう」

　地面に唾を吐き捨てて立ち去ろうとする銀次郎の肩を、菊之助は摑んだ。だが、すぐに振り払って、

「殺されたくなきゃ、近づくんじゃねえ。それとも、金をくれるかい。五両、いや十両くれたら、悪さをやめてやってもいいぜ」

　と仲間たちを煽りながら立ち去った。

「待てよ、銀次郎。おい、待てったら」

菊之助は追いかけていった。

入れ違いに、桃香が店からぴょこんと飛び出てくるなり、

「ああ。すっとした……」

と福兵衛に安堵（あんど）したように微笑みかけた。

「ずっと我慢してたのよねえ。お城ってさ、男用の厠（かわや）しかないのよ。そりゃ、大きい方のもあるけどね、いつ誰が入って来るか分からないじゃないの。だから、もう耐えているしかないのよね。さてと……」

「何がさてと、ですか」

またぞろ何かしでかすつもりだなと、福兵衛は察した。

「何を城之内のような顔をして……今日のお城の中で、ここ深川（ふかがわ）の治安の悪さも議案に上がったの。本所三笠町（ほんじょみかさちょう）は、誰もが知ってのとおり、関八州から逃げてきた〝お訪ね者〟が多いけどさ、新しく普請した所に、厄介な町もあるって」

「まさか、その探索を？　それは町方の仕事でしょうが」

「そうよ。でもね、気になるの。悪い奴が巣くっているってだけで、もう体中がゾワゾワしてくるのよねえ」

「駄目ですよ……」

「深川七悪所っていうけれど、八番目の悪所ができつつある。知ってた？」

「ええ、まあ。誰が付けたか、深川閻魔町(えんまちょう)のことでしょ」

「そう。そこに出向いて鬼退治と参りますか。ねえ、雉こと、福兵衛さん」

踊るように下駄を鳴らしながら、桃香は駆けていくのだった。

三

閻魔町というのは通称で、本当は「六人屋敷(ろくにんやしき)」という所である。

ここは深川築地町(つきじまち)と呼ばれる一帯、二十四の町のひとつである。隣の「冬木町(ふゆきちょう)」は、材木商の『冬木屋』に由来して、仙台堀川(せんだいぼりがわ)の南の方にある。元々、南茅場町(みなみかやばちょう)にあった材木商の上田直次の三代目・冬木屋弥平次が、貯木場としてこの地を幕府から買い取ったのだ。

『信濃屋』とも古い付き合いで、今でも商売を競い合っているように、材木問屋が多い場所柄だが、六人屋敷にはなぜか無法者が棲み着くようになり、周辺の住人は困っていた。

この辺りは当然、町奉行支配だが、丁度、四方を掘割で仕切られて、一本の橋でしか往き来できないようになっている。その橋には、ご大層に武家が使う冠木門のような門があり、そこには柄の悪い番人がいつも座っていた。

通りかかると、因縁を付けられるので、門前は避ける者が多かった。だが、仕事などでどうしても町内に入らねばならない人々から、番人は〝通行税〟を取る。揉め事もしょっちゅうだから、橋を挟んだ対岸には、自身番が設けられたほどだ。

そんな所に――銀次郎とその仲間は、門番に挨拶をして入っていった。だが、後から尾けてきた菊之助は、門番をしている体格のいい男衆に止められた。

「おや、若旦那。あいつに何か用ですかい」

「銀次郎はまだ、こんな所に出入りしてるんだなあ」

「こんな所とは、ご挨拶ですねえ」

「仕方ない。俺も……」

と行こうとすると、門番のひとりが両肩を持って、帰れと来た方へ向けた。だが、すぐに振り返って、菊之助はサッと小判を一枚出して握らせた。

「頼むよ、通してくれよ」

「……」

「じゃ、もう一枚……面倒だ、五枚」

菊之助に小判を摑まされた門番は、相好を崩して、下にも置かない態度で通した。

「どうぞ、どうぞ。旦那、なんかあったら、俺に報せておくんなせえ」

「インチキだったな」

「新吉でやすよ。でも、旦那、銀次郎は今、町名主のお気に入りだから、めったなことじゃ、言うことを聞かないと思いやすぜ」

「かもな。でも、俺はあいつだけは、おまえたちみてえにしたくねえんだ」

「どういう意味でえ」

「金で態度を変えるような奴にはしたくねえってことさ」

飄然と言ってのけた菊之助は、何が楽しいのか鼻歌を歌いながら町中に向かった。

何処にでもある、ふつうの商家が軒を連ねている。色々な屋号の軒看板や暖簾も一応、かかっている。だが、違うのは商売をしている気配がないということだ。しかも、柄の悪い連中が、店の中で、チンチロリンや花札などで賭け事をしている。どう見ても尋常な町ではない。

「──益々、酷くなってるな……」

菊之助は心配顔になって町の通りを見廻していた。だが、意外なことに、道には塵芥（ちりあくた）などが放置されておらず、側溝の泥なども丁寧に掃除されている。

「綺麗好きなならず者たちの集まりか？」

屋台に毛が生えたような飲み屋や一膳飯屋が並んでおり、真っ昼間から宴会をしている者たちもいる。町中の様子を見る限り、決して貧窮に喘（あえ）いでいる感じではない。むしろ、景気が良さそうだ。

「若旦那。どうしたんです、こんな所に」

町角から声をかけてきたのは、いかにも真面目そうな商人という雰囲気の男だった。町名主の甚五郎（じんごろう）である。年の頃は四十そこそこで、穏やかな顔つきなので、ごろつきばかりの町を束ねる器量があるようには見えなかった。

「甚五郎さん……困りますよ」

「どうしたんだい」

「銀次郎の奴、またこの町に舞い戻ってるようなんで、心配してんだ」

「ああ。あの三度の飯より喧嘩（けんか）好きの」

「子供の喧嘩なら別にいいけどよ、勢い余って殺し合いになったりしちゃ、あまりに可哀想じゃねえか」

「だったら、ここにいた方がいいんじゃありませんかね。堅気衆に怪我させるより、よっぽどいい。もっとも、この閻魔町じゃ、喧嘩をしても銀次郎なんざ、すぐに埋められてしまいそうだがな」

冗談めいた言い草で、甚五郎は笑った。

「だから、困るんじゃねえか」

菊之助は真面目に話しているが、甚五郎の方はさほど気に留めてないという感じだった。

福徳家のように穏やかな態度だが、町で擦れ違う人相の悪い連中は、みんな深々と頭を下げる。この光景も、菊之助は見慣れてはいたが、なんとなく奇妙だった。

「そういや、甚五郎さん……あなたは、そもそも、どういう御仁なんで？」

ふいに思いついたように尋ねる菊之助を、不思議そうに甚五郎は見やった。何を今更、という顔つきだった。

「おや、これは……親父さんに聞いたことはないのですか」

「親父……俺の？」

「ええ。私も、銀次郎と同じですよ。『信濃屋』の旦那に、五歳の頃に拾われて、小僧として育てられたのです」

「嘘……」

「冗談や嘘を言って何になります。あ、そうですか、知らなかった……まあ、そりゃ、そうだね。若旦那が生まれる何年も前の話ですから……十五で手代にしてくれて、下請けの店に出されましてね。それからのことは、菊之助さんもご存じでしょ」

江戸市中には、捨て子というのが禁止になるほど、ごろごろといた。関八州から江戸に出てきた夫婦者などが、金持ちそうな商家の前に置き去りにしたり、生まれた赤ん坊を置いていったりした。

田舎では口減らしのために赤子を殺すような事件もまだあったが、無理心中したりするよりは、捨て子の方がまだマシというものだ。

甚五郎も実は自分の本当の名前は知らない。二親の顔はうっすら覚えているが、これまで懐かしいと思ったこともないという。

「――ふうん、そうだったのかい……」

「なんですよ、私の身の上話なんぞ、面白くもおかしくもない。ただただ、菊之助さんの親父さんには、感謝しかない。だから、こうして私も私なりに……」

自分の町だとばかりに、通りや家屋敷を見廻して、甚五郎は満足そうに笑った。

「でもよ、この町は風紀が悪いって、お上は潰そうとしてるぜ。町名主としちゃ、色々と考え直した方がいいんじゃねえのかい」

「若旦那……」

呆れ返ったように、甚五郎はまじまじと菊之助の顔を見た。

「あまり説教はしたくありませんが、若旦那こそ、その言葉遣いとか、身形はやめた方がいいと思いますよ。天下の『信濃屋』の若旦那に相応しくない。私から見れば、悪ぶってる銀次郎と、さして変わりませんがね」

「――あらら。こりゃ、とんだトバッチリだ。言っておくけど、銀次郎に何かあったら、俺は承知しねえからな」

菊之助は、銀次郎の名を呼びながら、町中を駆けていった。

「まったく、困った若旦那だ……〝弟思い〟ってのは分かりますがねえ……」

見送りながら、甚五郎はなぜか寂しそうな笑みを浮かべた。

同じ頃、同じ閻魔町の町角で――。

桃香がぶらぶらと歩いていた。商家らしい家が軒並みある町通りでありながら、やはり違和感を抱きながら見廻している。

女の姿もチラホラあるが、いずれも遊女のように厚化粧に派手な着物で、色っぽい仕草も明らかに男を求めていた。深川の悪所にも足を踏み入れたことがある桃香だが、遊郭とは違った不気味さが漂っている。

――なんだか変……透き通った美味しそうなおすましの中に、蛤でも浅蜊でもなく、砂利が入っているような……。

そんな感じがしていた。

だが、この町には、桃香のようなお嬢様らしい生娘はいない。掃きだめに鶴ではないが、博奕をやっている男たちは、通り過ぎる桃香の姿を二度見する者が多かった。

中には尾けてくる男もいた。だが、場末の町にありがちな、野卑な声をかけてくることもなく、遠目でニマニマ眺めているだけであった。何か悪さをしようという態度もない。むしろ、江戸市中の裏町よりも怖くはなかった。ただ、その様子がなんとも、居心地が悪かった。

「――見かけねえ、顔だな」

ふいに路地に屯している男たちが声をかけてきた。いずれもまだ二十歳そこそこの若い連中だ。同じ年頃の桃香に興味津々という顔で近づいてきながら、

「そんな可愛い顔をして、おまえ、何をやらかしたんだ」

と、その中のひとりが訊いた。

「何もしてないわよ。閻魔町って、なんだか怖そうだし、どんな町かなあって」

「怖くなんざ、ねえさ。むしろ、外の方が危ないんじゃねえか」

「外……？」

「町の外ってことだ」

「この町に来て、帰ってこない人もいるって聞いたけど」

「そりゃ、帰りたくないさ。ここは、外に比べりゃ、極楽だからな」

「極楽……？」

「ああ、あくせく働かなくたって食っていける。良かったら、案内するぜ。俺は、賢六（けんろく）。この一角を任されてるんだ」

「任されてる……」

「町名主の手代みたいなものさ」

賢六と名乗った若者がニコリと微笑んだとき、

「いたぞ！　あそこだ！　小娘めが！」

と門の番人、新吉が猛然と駆けてきた。着物がずぶ濡れである。

「このクソ女！　承知しねえぞ、このやろう」

他にも柄の悪そうな男が数人、追いかけてきて、あっという間に桃香を取り囲んだ。一瞬にして周りに緊張が走った。いつもは平穏な町でありながら、何か事があればガラリと変貌してしまう。これが、この町の危うさかと、桃香は感じた。

「何があったんです、新吉さん」

野次馬の中から賢六が声をかけると、新吉は怒りに任せて怒鳴った。

「門番のこの俺を、この小娘はいきなり掘割に突き落としやがったんだ。許せねえ。絶対に許せねえ」

「女にやられたんですか……」

何か言いかけた賢六を、険しい目で新吉は睨みつけて、

「てめえも、ぶっ飛ばされてえのか」

「あ、いえ……」

賢六は尻込みをしたが、桃香は体中がずぶ濡れの新吉を見て、からかった。

「あら、水もしたたるいい男になったじゃありませんか。乱暴しようとするから、いけないいんですよ」

「ふざけるなッ」

新吉がガッと摑みかかろうとすると、すぐにその太い腕を逆手にねじ伏せた。

「なんなの、あなた方は、ここは天下の往来。誰が何処を通ろうと、それこそ関わりないのじゃありませんか」

「天下の往来じゃありませんか。俺たちのシマだ。構わねえ、やっちまえ！」

悲痛な声を上げた新吉に呼応して、集まっていた数人の男たちが一斉に飛び掛かった。桃香は新吉を蹴飛ばし、殴ってくる拳や足の動きを見切って躱していたが、誰かが振袖を摑んだ瞬間、

――ビリッ。

と袖元が派手に裂けた。

「あっ！　なんてことしてくれるの、もう。これ、新しく誂えたばかりなのよ」

「てめえの身の方を心配しろ」

桃香は新吉に羽交い締めにされた。意外なほど強いバカ力に、桃香はジタバタするしかなかった。その桃香に男たちは、舌なめずりをしながら近づき、体を触ったり、露わになった白い足を摑んだりした。

そのとき、「やめろ」と声があって、近づいて来たのは、銀次郎だった。

「大の大人が、か弱い女ひとりに、何してるんだ」

まだあどけなさが残っているが、睨み上げるその顔には、なかなかの迫力がある。桃香は銀次郎の正義感漲(みなぎ)る姿と態度を見るなり、急にしおらしくなって、

「あ、痛い……痛い。や、やめて下さい……」

と可愛らしい声を洩らした。

だが、新吉はフンと鼻で笑い、銀次郎に向かって罵声(ばせい)を発した。

「てめえのような奴を金魚の糞ってんだ。少しばかり、町名主に目をかけられてるからって、いい気になるなよ」

「放してやれって言ってるんだ」

「嫌だといったら、どうする。銀次郎……おまえも、もう少し大人になったら、こんな女の肌を揉みくちゃにして、乱暴したくなるだろうよ。それとも何か、あっちの方はまだガキんちょのままか、ええ！」

新吉が言い終わらないうちに、銀次郎は一直線に新吉の横に廻って、顔面に一発、拳をくらわせた。大柄な新吉でも、吹っ飛ぶように地面に倒れた。だが、それで余計に火がついたのか、新吉は真っ赤な顔になって、熊のように雄叫びを上げて、銀次郎に突っかかった。

軽やかに避けていた銀次郎だが、多勢に無勢、三人に突進されて腕や足を摑ま

れるや、その顔面に新吉の大きな拳が飛んできた。抵抗をしたが、何度も殴られているうちに、銀次郎の体から力が抜けた。

それでも殴ろうとする新吉の腕を、ガッと摑む者がいた——振り返ると、岡っ引の松蔵であった。新吉よりも一周り大きな体軀である。元力士だけあって、力も強い。

「やめとけ。それ以上やると、おまえはこの町にいられなくなるぞ」

松蔵の後ろからは、十手で肩叩きをしながら、伊藤洋三郎が歩いてきた。

「あ、こりゃ、〝ぶつくさ〟の旦那……」

一様に男たちは、銀次郎から手を放して、腰を屈めた。

「〝ぶつくさ〟は余計だろう」

「へえ、いつも文句ばかり言ってるものですから、つい本当のことを……」

「うるせえ」

減らず口を叩いた男の頭を、十手で小突いた。

「ここは俺に任せな。いいな」

伊藤が一同を睨め廻すと、男たちは仕方なく退散するのであった。

「旦那。たまには、いい所に登場してくるんですねえ」

微笑む桃香に、伊藤は苦み走った顔で、

「世間知らずのお嬢さんが来る所じゃないぜ。さっさと帰んな」

と言った。が、桃香は、銀次郎の方が気になっていた。

そんな様子を——

遠目に見ていた菊之助の姿に気付いて、伊藤は軽く頭を下げた。

四

小料理屋の座敷を借りて、桃香は銀次郎の手当てをした。すっかり顔面が青く腫れ上がって、助けに来てくれたときとは別人のようになっている。

「ごめんなさいね、私のために……」

「……」

「ありがとう。助かったわ。銀次郎さんていうのね。さっき、悪い奴が言ってたから」

銀次郎は感情を表に出さず、痛いのをじっと我慢している。

「私は、桃香といいます。門前仲町（もんぜんなかちょう）にある『雉屋』という呉服屋に居候してます。

主人の福兵衛は伯父なんですの」

「――出てけ。そして、二度と来るんじゃねえ」

「えっ。どうして、です?」

「いいから、言うとおりにするんだな。でねえと、女郎屋に売り飛ばされるぜ」

「そうなの? そんなことが、この町で行われてるの?」

「……」

「あなた、私より幾つか年下みたいだけど、どうして、こんな所に……」

「うるせえ。俺はここが好きなんだ。余計なことは言うな」

まだ手当ての途中の桃香の手を払いのけ、銀次郎は立ち上がると、傍らで見ている伊藤に向かって、

「ぶつくさの旦那。あんた、この娘と知り合いのようだが、ハッキリ言ってやんな。閻魔町にいると、ろくな事がねえってよ」

吐き捨てて、銀次郎は店から出ていった。それを見送っている桃香の目は、燦めいている。明らかに恋に焦がれて、憧れの少年を見つけたようなまなざしだ。

「お嬢……大丈夫か」

顔の前に掌をかざして振りながら、伊藤は苦々しく言った。

「つまらねえ男に惚れちゃ駄目だぞ。老婆心ながら、助言しとくぜ。それより、さっき門番が言ってたとおり、ここは『天下の往来』ではない。江戸の町とは一線を画しているんだ」

「ええっ。どういうことです」

我に返って、桃香は伊藤に訊き返した。

「閻魔町は、江戸であって江戸でない。だから、こうして俺たちが見張ってるんだ。悪い奴らが入って来ないようにな」

「入って来ないように？　出ないようにじゃなくて」

浅蜊がたっぷりの深川飯を肴(さかな)にして、伊藤は酒をちびちび飲みながら、

「ここは、六人屋敷って名だが、別に六人しか人が住んでないからじゃねえ。仏教ではよ、六道ってのがある」

「知ってます。地獄、餓鬼、畜生、修羅、人間、天上……の六つですね。その上に、声聞(しょうもん)、縁覚(えんがく)、菩薩、仏界というのもあるとか」

「さすが、お嬢、よく物事を知ってなさる」

からかうように言って、伊藤は酒をぐいっと飲んだ。

「このうち、六道の地獄から人間までは、いわば欲望に捉われた〝欲界〟ってい

うんだがな、天上界の中でも、人間界に近い下の六つの天は、まだまだ悟りが開けてなくて、欲に縛られてるから、〝六欲天〟というんだ」

「――それが、何か」

「六欲天は、他化自在天、化楽天、兜率天、夜摩天、忉利天、四大王衆天……てのがあって、ここが俗に言う、持国天、増長天、広目天、多聞天という四天王がいる所なんだ」

「もう、どうでもいいです。それが、何か……？」

呆れ果てて聞いている桃香は、「かいつまんで」と言った。

「つまり、ここは……天上界に行く前の、四天王が守ってくれている町で、六人屋敷ではなく、『六天屋敷』が訛ったもので、ここに住む人たちが、悪さをしないか、閻魔様が見張っているんだよ」

「――大丈夫ですか、伊藤様。何か、変な教えに毒されてるんじゃないですよね」

心配そうな顔になる桃香に、伊藤は「まあ聞け」と続けた。

「この町のみんなを見てみるがいい。誰もろくに働いていないのに、暮らしには困っていない。なぜだと思う」

「まさか、天から恵みが降ってくる、なんて言い出さないでしょうね」

「当たらずとも遠からず、だ……つまり、ここに住んでいる者たちに援助をする人たちがおり、貧乏や飢餓を避けられるために、江戸市中に出て悪さをするってこともない」

まるで自分が町を営んでいるかのように、伊藤は朗々と語った。

「なるほど。悪さをしそうな輩を、咎人（とがにん）にならないよう封じ込めておくわけね」

「簡単に言えばそうだが、性悪な奴ってのは、腹が一杯になっても、幾らでも悪さをするってもんだ。何しろ、天界にいても〝六欲天〟は、思わぬ欲に駆られるからな。ほれ、金持ちでも、限りなく金を欲しがるように」

桃香はやろうとしていることは納得できるものの、実現は難しいのではないかと感じた。現に今、桃香はとんでもない目に遭いそうになり、人助けした銀次郎の方が怪我をするハメになった。桃香は、

――人は生まれながらにして、悪い人はいない。

と思っているからこそ、酷いことをする人間をなんとか心変わりさせたいと、いつも考えているのである。

「そうか？　お嬢はいつも悪い奴には、こっぴどい仕打ちをしてるではないか」

「あら、そんなことありませんよ。それより、この町は、誰のお金で支えてるのです」

桃香は疑問を伊藤にぶつけた。

「俺もよくは知らぬ。ただ、辺り一帯は材木問屋ばかりだ。江戸の景気を支える材木商たちにとって、世の中に悪が蔓延れば、商売が不安定になる。だから、みなで出し合って支えてるとの噂もあるようだ」

「へえ、曖昧なんですねえ……伊藤の旦那は、どうして、この町に来てるのですか」

「何事もないか見張っているのだ。これでも、少しは役に立ちたいと思ってな」

「あり得ません。旦那がただ働きするなんて。誰に幾ら貰ってるの？」

「おいおい。俺はだな……」

言いかけたとき、店の表通りを、浪人者が通った。それを見た伊藤の目がギラリとなって、思わず腰を上げた。

「噂をすれば、影……だ」

桃香が振り返ると——その浪人者の顔には、はっきり見覚えがあった。

「あれ？　さっきの……」

「知っておるのか」

「永代橋でね、因縁を吹っかけられたのよ、鞘に当たったって」

「鞘……？」

「あ、ううん。なんでもない。あの浪人が何なの」

「本当の素性は分からないのだが、浦川新三郎（うらかわしんざぶろう）と名乗って、町名主の用心棒として幅を利かせてる。だがな……まだ内緒だぞ、奴は長年、俺が探してた奴なんだ」

「長年、探してた……人殺しかなんか？」

「ま、そういうところだ」

「なるほど。町の治安を守ってるんじゃなくて、あの浪人を調べてるのね」

言うなり桃香は、また兎（うさぎ）が跳ねるように表に飛び出していった。

「おい、何をするつもりだッ」

伊藤の声など、桃香にはまったく聞こえていなかった。

「一緒にいた姐（ねえ）さんは、どうしたんです」

いきなり桃香に声をかけられて、浪人は驚いて振り返った。

「――誰だ、おまえは……」

「あら、お忘れですか、浦川様。あんな年増に入れあげてるなんて、信じられない」

「……」

「ちょっと、いい男だからって、騙してたりして」

「娘……見かけぬ顔だが……」

「さっきも賢六さんに同じ事を言われました。それより、町名主の用心棒さんなんでしょ。私のことも守って下さらない。金に糸目はつけませんことよ」

桃香は適当に話をして、相手の出方を待っていると、浦川は可笑(おか)しそうに、

「面白い娘だな。町名主に会いたいのならば、ついて来い」

と歩き出した。

わざと寄り添っていると、浦川の方も拒むことはなかった。そのような姿を見ていた先程の男衆たちも、目を丸くした。

「なんだ、あの娘……」

「取り入るのが早い。気をつけないとな」

「もしかしたら、何かの罠かもしれねえぞ」

「怪しい、怪しい」

などと若い衆たちは囁き合っていた。その声は桃香の耳にも入っている。どうやら、この町の住人は、平穏そうに暮らしているが、お互いが警戒し合っているようだ。そのことが、桃香には気味悪かった。

浦川が来たのは、仙台堀川に面した蔵が並ぶ一角で、中でも一番間口の広い町屋だった。町名主の家で、番屋も兼ねているという。

桃香を連れて入るなり、浦川はガラッと態度が変わって、上がり框のところで屯していた若い衆に、「おい」と声をかけた。同時に、押しやった桃香に、若い衆たちは摑みかかって、座敷に引きずり上げた。

「何をするのですか」

キッと睨みつけた桃香を、浦川は冷ややかな顔で、

「やっちまいな」

と若い衆たちに命じた。

「いいんですかい。かなりの上物ですぜ」

兄貴格が言うと、浦川は無表情のまま頷いた。

「どうせ、公儀の犬か何かだろう。町娘のふりをしてるが、かなりの手練れと見た。この手の女は、体に聞くに限る」

「そういや、新吉を事もなげに蹴飛ばし、男衆を相手に大立ち廻りをしたとか」

「なに、あの新吉を……！」

「銀次郎が止めに入りやしたがね」

「おい、女……」

若い衆を押しやって、浦川は桃香に顔を近づけた。

「正直に言え。おまえは誰の使いで、何をしにここに来たのだ」

「嫌ですよ、旦那。私はね、ただ通りかかったから来てみただけ。閻魔町って、どんな所か一度、見てみたかったの」

「俺たちのことが怖くないのか」

「全然。だって、ここは四天王に守られた極楽みたいな所なんでしょ。体の弱い人や病の人たちは、ううん、誰でも働かなくたって生きていける。それって凄いですよね」

「何を探ってる。言え」

「正真正銘、呉服問屋『雉屋』の姪っ子です。嘘だと思うなら、伊藤の旦那に聞いてみて下さいな。前々からの知り合いですから」

「ほう、そうかい。伊藤さんのな……」

と言いかけて、浦川はいきなり桃香の腕をねじあげようとしたが、反転して押しやると、後ろに跳ねた。

「冗談はやめて下さいよ。私、さっきも新吉さんたちに、ほら……」

袖をぶらぶらと振ってみせながら、桃香は口を尖らせた。

「ふざけた女だな。新陰流皆伝を受けた俺も、見くびられたものだ」

浦川は刀に手をかけた。

一瞬にして、緊張が広がった。若い衆たちも、血飛沫が上がると怯えたのか、屋敷の外に出たり、奥に引っ込んだりした。

「やめやめ。そんなことをしちゃ、いけませんよ」

町名主の甚五郎が入ってきた。その後ろには、菊之助の姿もあった。

「あっ。桃香さん、こんな所で何をしてるのですか」

菊之助の方が吃驚した。その姿を見て、

「あら、どうして、若旦那が」

「そりゃ、こっちが聞きたいよ。駄目だよ、こんな所に来ちゃ」

「若旦那、知り合いですかい？」

甚五郎が聞くと、菊之助は調子に乗って答えた。

「知り合いもなにも、俺の許嫁でさ。ここのところは穏やかに頼むよ、町名主さん」

桃香はすぐに「違う」と答えようとしたが、菊之助はゴチャゴチャと桃香の声が聞こえないように誤魔化した。桃香も何かを察して、とりあえず様子を見ようと判断した。

そんな様子を――外の通りから、銀次郎も見ていた。

「おや、銀次郎。どうしたんだ、その顔は」

気付いた菊之助が驚いて声をかけると、その前に、桃香が駆け寄って、

「私のせいで、こんな目に遭ったんです。ごめんなさい。本当にごめんなさいね」

と擦り寄った。

「お、おい……どういうことだよ」

まるで道化のような顔になって、菊之助はふたりの顔を見比べていたが、銀次郎は鼻息を吹きかけるようにして立ち去った。

五

『東海屋』は同じ深川築地町二十四町の一角にある。

さほど大きな店構えではないが、『信濃屋』の下請けだけあって、人の出入りは激しい。屋敷の横手や裏手には、材木置き場や作業場が広がり、職人たちが忙しげに働いている。

帳場では、女番頭のお勝がテキパキと手代らに仕事を命じたり、来客の相手をしている。凛とした姿は、浦川新三郎の前で見せていた艶やかで、恥じらいを帯びたものではない。

大きめの算盤を置く手つきも、かなりの年季が入っているのか淀みがなく、端から見ていても気持ちよいほどだった。

以前は、「女だてらに番頭なんて」とよく言われたが、近頃は女商人も珍しくない。お勝の働きぶりは、手代たちはもとより、出入りの業者たち誰もが認めるものだった。

「――お勝……ちょいと来ておくれ」

主人の満兵衛が、奥へ続く暖簾を分けて顔を出した。

「はい。今すぐに」

お勝は帳簿に栞(しおり)を挟んで、算盤が示す数を傍らの紙に書き残して、席を立った。

奥にある主人の居室と仕事部屋を兼ねた所には、床一面に帳簿が広げられていた。ここ何年かのもので、あれこれと朱筆を入れてあるものも沢山あった。

「どうしたのです、旦那様……」

驚いた様子で、お勝は立ったまま見廻した。満兵衛は小柄だが小肥(こぶと)りの体つきで、少し気が弱そうな男だった。

商人として〝押し出し〟に欠けるということは、元右衛門からずっと指摘されていたことだった。生まれもった気質だから、なかなか治るものではない。が、商人としての気迫がないのは、人づきあいも良くなく、売り上げにも影響する。

これまで、『信濃屋』の下請けであり、元右衛門の従兄弟ということで、商いは成り立っていた。とはいえ、世知辛い世の中が続くと、世間は店の名前や権威だけではなく、実績だけで評価する。

「おまえも承知のとおり、元右衛門には、あれこれと責め立てられてな……このままでは、下請けは任せられないと引導を渡されそうなのだ」

しょんぼりと満兵衛が言うと、お勝は申し訳なさそうな顔になって、

「私がもっと頑張らないといけませんね。この前、私も元右衛門さんに言われました」

「なんと……？」

「とにかく、売り上げを良くしてくれと」

「ああ。でないと、『信濃屋』の下請けになりたがってる材木商は幾らでもいる。いつでも、看板を下ろしてよいぞ、とも」

「そんな酷いことを……」

お勝は納得できないように首を振って、

「でも、従兄弟じゃないですか。しかも、手代や小僧たちを、この店で修業させたこともあるし、相身互いじゃないですか」

「そうは言ってもな。結果が全てじゃ……菊之助も色々と取り持ってはくれてるようだが、元右衛門は厳しいからな」

「――こんなことを言ってはなんですが、若旦那こそ、無駄飯食らいではありませんかね。私が見たところでは、真面目に働いているようには、どうも……あれじゃ外に修業に出させた意味もありませんよ」

怪我の心配をしていたときの姿とは、打って変わって、お勝は菊之助の悪口を当然のように言った。

「まあ、そうかもしれんが……私にとっては、本家だしね……」

「すみません……」

謝って頭を下げるお勝に、満兵衛は申し訳なさそうに尋ねた。

「――ところで、この帳簿のことだが……」

「はい……」

「この五年のうち、特に三年間の帳簿が、どうも気になることが幾つもあるのだよ」

満兵衛が切り出すと、お勝の目がチラリと動いた。その鈍く光った瞳が、満兵衛の顔を射るように見た。

「あ、いや……おまえが悪いんじゃないよ……私がね、良くないんだ……奉公人がやったことでも、最後の最後は、主人である私の責任ですからね」

深い溜息をついて、広げたままの帳簿を見廻した満兵衛は、お勝に言った。

「うちは盆暮れの決済ではなくて、掛け売り商売をしている」

「ええ……」

「だから、月々の収支をキッチリとやり、できる限り、顧客には安く材木を届けるようにと心がけている」

「よく分かっています。商いは利益が第一とはいえ、ご主人は、商いとは世のため人のためであるから、江戸の人たちが喜ぶようにしなければならない。一番喜ぶのは、良い物を安く提供することだと」

「ああ、そのとおりだ。だから、『信濃屋』からもできるだけ安く仕入れて、職人たちの手間賃も抑えて、少しでも安くして、その代わり、沢山売ることを心がけた」

薄利多売の手本のような商売をしてきたと、満兵衛は自負しているのだ。

だが、それが裏目に出ることもある。人の噂は勝手なもので、「安かろう、悪かろう」との悪い評判が広がると、邪(よこしま)な儲け方しかしてないのではないかと、世間から思われる。しかも、『信濃屋』の材木を、右から左へ動かしただけで利鞘を稼いでいるだけだ、との誹謗中傷まで生じる。

「商いは一度、ケチがついたら、信用を取り戻すのは難しいからねえ……で、商人にとって、一番の信用とは何だと思うかね」

「え……」

お勝は答えられないわけではないが、持って廻った言い草の満兵衛には、何か他の意図があるのではないかと勘繰った。

「どう思うかね……お勝」

「はい。やはり、正直であること、だと思います。何事にも」

「そうだよね。ああ、そうだともさ……」

満兵衛は大きく頷いてから、お勝の目をじっと見つめ、

「なのに、どうして、こんなことをしてたんだね」

「えっ……私に何か落ち度でも……」

「いいかい、お勝。落ち度というのは、思わぬ失敗のことだよ。わざとしたら、落ち度とは言わない……立派な嘘つきだ……嘘つきに立派というのは変だが、まごうかたなき罪なことなのだよ」

満兵衛の言いたいことが何か、お勝にはすぐに分かった。だが、この場では、惚けるしかなかった。

「一体、どうしたというのです、ご主人様」

「私は女房のおしまよりも、おまえさんの方を信じてたよ。でも、まさか、こんなに沢山、帳簿を誤魔化していたとは、まったく気づきもしなかった」

「?!――どういうことですか。私が何をしたというのです」

お勝は泣き出しそうな目になって、縋るように満兵衛を見た。

「正直であることが一番……今、言ったじゃないか。だから、お勝……本当のことを、自分の口から話しておくれ」

「……」

「そしたら、元右衛門にも黙っておく。店の中のことだからね。責任は私が取る。私の胸に秘めておくから」

満兵衛は情け深い顔で促したが、お勝は押し黙ったままだった。しばらく、何を言うか待っていた満兵衛は、深い溜息をつき、

「掘割に飛び込んで、菊之助を助けたそうだね……町娘に投げられたそうだが、あいつがそんなに簡単にやられると思うかね？　あれでもガキの頃は、ごろつき相手に喧嘩して勝ってたんだよ」

「……」

「菊之助はうちに来て話したよ。おまえの姿が見えたから、わざと飛び込んだと……きっと身を投げ出して助けに来るだろうなと、読んでたらしいよ」

「えっ……」

どういうことか分からないという表情で、お勝は見た。

「例の偽金を見抜いて、自分で調べてたような菊之助だからね……上っ面かどうか、分かるんだってさ。悪ガキどもと付き合って、一番、心にズンとくるのは、良いことか悪いことかは別にして、奴らには嘘がない、ってことらしい」

「……」

「おまえさんは試されたんだ。菊之助は人の嘘を見抜くのが上手い。逆に言えば、本当のことも分かる」

「……」

「人は何か疚しいことがあると、わざとらしい行いをするものだ。とっさに飛び込んで、菊之助を助けたのは、『信濃屋』の主人から良く見られたい、恩を売りたい、それを商売に生かしたい……そう考えたからだろうって、菊之助がね」

「そんなこと……」

お勝は違うと首を振りながら、本当にとっさに助けたいと思っただけだと訴えた。菊之助が水練が不得意だということを知っていたから、考えるよりも前に体が動いたと、お勝は言った。

「そうかもしれないね……ええ、ええ……私も、そこまで、おまえさんが性悪とは思ってないよ……でもね、人は魔が差すということもあるし、何らかの理由で判断が鈍ることもある」

「……」

「この帳簿は正直だ……取り引きもしていない商人や大店を相手に、売り掛け金を支払ったことにしている。その金は、何処に消えたのかねえ……帳簿を調べてみろと、私に言ったのは、他でもない菊之助なんだよ」

優しい口調だが、しだいに満兵衛は核心に迫ってきた。

「おまえさんには充分な程の給金を渡しているつもりです。だけど贅沢三昧をしている節もない。ということは……」

「もういいよ！」

お勝は怒声を上げて、俄に蓮っ葉な態度になった。

「さっきから、うだうだうるさいんだよ。ああ、そうだよ。金を横取りしたよ。それの何が悪いんだよ。この店がなんとか持ってるのは、私のお陰じゃないさ。そんなに、この店から罪人を出したきゃ、とっととお上に訴え出ればいいじゃないか」

「……」

「そしたら、この店が潰れるだけじゃない。親戚筋の『信濃屋』も只では済まないだろうさ。売上金を誤魔化してるって悪評は、尾鰭がついて大きくなろうってもんだ」

まるで、性悪女のように居直ったお勝を見ていて、満兵衛は心底、悲しくなった。

「——そうかい……じゃ、恐れながらと、番屋に行くとするよ」

「……」

「なぜ、こんなことをしたか、お白洲で訊くことにするしかないね」

「上等だい！　その前に、てめえの喉がカッ切られるのを覚悟しとくんだね！　こっちは閻魔町ってえ後ろ盾があるんだよ！」

立ち上がって怒鳴り散らすお勝を、満兵衛は静かに見上げていたが、何事かと駆けつけてきた手代らが、必死に止めに入るのだった。お勝の鬼のような形相に、満兵衛は憂いを帯びた溜息を吐くばかりであった。

六

町名主・甚五郎の屋敷では、桃香の千切れた袖を、菊之助が手際よく縫っていた。感心するほどの器用な手つきに、

「人は見かけによらないっていうけど、本当だねえ」

と桃香は素直に喜んでいた。

「それはこっちだぜ。女の癖に針仕事が苦手だなんて、ありえねえ」

菊之助は半ば呆れていたが、こうして一緒に居られることを楽しんでるようだった。

そんなふたりを傍らで眺めながら、甚五郎は穏やかに微笑みかけ、

「これで、『信濃屋』さんも安泰ですな。しかも、『雉屋』の姪御さんなら、間違いない。私は元右衛門さんとも、福兵衛さんとも知り合いですがね、お二方とも商人としても、人としても立派な御仁だ。この先が、楽しみですなあ」

と言うと、菊之助は調子に乗って、明日にでも祝言を挙げたいくらいだと話した。

「本当だ。この気持ちに嘘はねえ。でもよ……」

桃香の気持ちは無視して、菊之助は軽薄な口調で勝手に続けた。

「でもよ、桃香さんには、許嫁がいるらしいんだ。そうなんだろう」

「え……？」

「福兵衛さんが言ってたよ。讃岐綾歌藩の若君に輿入れすることになってるって。本当なのかい、桃香さん」

「……」

「どうなんだい」

何を勘違いしているのか分からないが、桃香はこれまた渡りに船とばかりに、

「そう……知ってたんですか……ごめんなさいね」

と謝ってみせると、甚五郎は納得したように頷いた。

「そうでしたか……『雉屋』さんはたしか綾歌藩の御用達でしたね。そういうご縁ならば、若旦那は諦めるしかないですな」

「諦められないんだよ。だって、情けない奴だぜ」

「会ったことがあるのですか」

甚五郎が訊くと、袖を縫い終えた菊之助は糸を切って、

「ああ、あるよ……これは仮に縫っただけだから、あとでキチンと直して貰いな」

「どこでです？」

「『雉屋』でだよ。人にぶつかってきといて、挨拶もろくにせずに、店の中に飛び込んで……なんだか、鈍臭そうな奴だったよ。男にしちゃ華奢でよ。なんというか、落ち着きがなくって、頭も軽そうな奴だった」

「そこまで言うことないでしょ。何も知らないくせに」

桃香が反論すると、菊之助は思わず手を握りしめて詰め寄った。

「本当は、あんな奴のところに嫁入りなんぞしたくねえんだろ。親たちが勝手に決めたことなんじゃねえのか」

「もちろん、それもあるけれど、綾歌藩の若君はとてもいいお人です。私は、そのお人柄に惚れたのです。だから、菊之助さん、どうか諦めて下さいまし。袖を縫って貰いながら、なんだけど……」

と軽く袖を振ってみせた。

「洒落にならないぜ、おい……俺は本気でよ……」

菊之助がしつこく言い寄ろうとすると、桃香は話を変えた。

「それより、若君からチラッと話を聞いていたのですが、この閻魔町では何か良からぬことが起こっているとか」

「良からぬこと？」

甚五郎の方が話に食いついてきた。町名主として聞き捨てならぬとばかりに、

「どういうことですかな。閻魔町はたしかに、世俗から見れば、悪い奴らが巣くっているように見えるかもしれない。でもね……」

と弁明しかかるのを、桃香は止めた。

「分かってます。南町の伊藤の旦那からも、町の由来は聞きました。働かなくても暮らしていけるのは、凄いことだなと思います。でも、それを支えてるのは誰なんですか」

「材木問屋たちが少しずつ……」

「金を出し合って、そういう人たちを封じ込めている、らしいですね」

桃香はまるで責めるかのように言った。

「でも、本当にそれでいいのでしょうか。だって、材木問屋が払うってことは、その奉公人が働いて得たお金や、誰かが支払ったお金で養っているってことですよね」

「まあ、そういうことになりますな。それが、いけないことですか」

　不満そうに甚五郎は言い返した。

「私も身寄りのない人間でしたから、『信濃屋』さんの世話になった。ええ、親代わりです。そのお陰で、今の私がある。そういう人は、この深川には幾らでもいますよ」

「知ってます」

「だったら分かるでしょう。簡単なことですよ……『信濃屋』がしてくれたように、この町でやってあげる……つまり、『信濃屋』さんひとりがしていたことを、町としてやろうということです」

　甚五郎は少しずつ金を集めて、世間から爪弾きにされた人たちに、最低限、暮らせる分のお金を渡す。それを支えに新たな仕事を探したり、惚れた者同士が一緒になれるようにしてやるのが、町名主としての務めだ。それに誇りを感じているという。

「ふつうの町だって、町入用という、みなで出し合って貯めた金で、困った人を支える。同じことですよ」

「少し違うと思います」

桃香は自分の考えを述べたいと申し出た。甚五郎は黙って聞いている。

「働かざる者、食うべからず――だと私は思います。病でもなければ、怪我もしていない、何不自由のない大人が、人様の金をあてにして暮らしてよいのですか」

「……」

「私も、人と人は支え合って生きていくものだと思ってます。でも、ちょっと垣間見ただけでも、この町の人たちは、誰かが汗水流して捻出してくれたお金を、当たり前のように使い、丁半賭博(とばく)までやってる。それで、いいんですか」

我こそ正義があるとばかりに、桃香は話したが、甚五郎は寂しそうな顔で笑った。

「何がおかしいんですか」

「丼に賽子(さいころ)を転がして遊ぶ程度なんざ、可愛いものじゃないですか、桃香さん……そんな小さな楽しみも奪うんですか。大名や旗本の中間部屋では、当たり前のように花札博奕をしてるし、この深川の他の町でも、隠し賭場(とば)は幾らでもあるはず」

「他人(ひと)が悪さをしたからって、自分がして良いことにはなりません」

「おっしゃるとおりです。ですがね、町方の旦那方でも、〝鞘番所〟なんかでは、ちょっとした賭け事はやってるじゃないですか。伊藤の旦那や松蔵親分だって、この町の者と一緒になってやってるし、それどころか袖の下まで貰ってる……法を守るべき偉いお役人が、やってるんですよッ」

「それとこれとは違います。私は、賭け事の話ばかりをしているのではありません」

半ばムキになる桃香に、甚五郎も少し力が入ってきた。

「だったら、あなたが嫁ぐというお武家はどうなのです。領民から吸い上げた年貢によって暮らしてますよね。与力や御家人の旦那方も、ご公儀から俸禄を戴いている。それを元にして、お勤めをしている」

「……」

「町人たちも、同じようにできませんか？　この町の者は、遊んでるわけじゃない。生きるために最低限、必要なものを得ているだけです。後は、自分次第です」

甚五郎は自信満々の顔になって、

「少なくとも、この町で暮らしている者は、他で罪を犯していない。これから先のことは、まだ分かりません。でも、誰もが安心して暮らせる町を、私は作りたいのです」

と決然と言った。

「ところで、桃香さん……あなたは、何をして働いているのですか？　飯のタネはなんですか。それこそ仕事も持たず、お武家に輿入れする人に、日々、どうやって暮らすかという大変さは分かりますまい」

「……」

桃香はそれについては、全く言い返せないでいた。武家の暮らしが、領民の年貢によって支えられていることは確かなのだ。それゆえ、藩主は常に〝社稷（しゃしょく）の臣〟を心がけ、常に人々の命を守り、それを実現するために人生を懸ける覚悟が必要だった。

だが、甚五郎の言葉に、桃香は打ちのめされかけていた。自分は、悪いことは悪いと正す気概を持っていたつもりだが、銭金の出所のことを言われては、脆（もろ）くも崩れそうになった。

「そうかなあ……甚五郎さん。それって、正しいのかねえ」

菊之助が助け船を出すように、間に入ってきた。

「やっぱり俺には、甘やかしてるようにしか思えねえな。この〝甘ちゃん〟の俺でもよ」

「さようですか？」

「まず言っとくが、この〝閻魔町〟こと六人屋敷を含む深川築地町二十四町はぜんぶ、うちが地主だってことだ」

「それは、承知してますよ……」

「で、俺が調べたところでは、貰った金はそっくりそのまま、丁半博奕に消えた者もいる。てめえで稼いだものじゃねえから、大事にしねえんだ。女だって、必死に手に入れたのと、適当に寝たのとじゃ違うだろ」

喩(たと)えが適当でなかったと、菊之助は桃香に「ごめんよ」と詫びてから、

「なあ、甚五郎さん。あんたの考えは分からないでもねえ。でも、うちの親父は、預かった奴らに、ちゃんと仕事させてたぜ。銀次郎だって、小せえガキの頃から、材木問屋の小僧としての躾(しつけ)をして、一端の手代に育てたんだ」

「育てた……」

「あんただって、そうだろ？　自分で言ってたじゃないか。元右衛門さんのお陰で、今の自分があるってことをよ」

「たしかに、そのとおりですよ」

甚五郎は改めて頭の下がる思いだと、感謝した。

「だったら、この町の人を、ちゃんとした人として育てなきゃならねえ。学問所や手習い塾を作って、学問をし直すかい。そんでもって、手に職を付けたり、商売のイロハを学ばせるなら、分からないでもねえ」

「……」

「ただ、餌を与えてるだけなら、犬猫と変わりゃしないじゃねえか。俺はそう思う……お陰で、銀次郎はまっとうに働くことを忘れて、また悪い奴らとつるんでる」

菊之助が持論を述べるのを、桃香はこれまた、

——ほんと人は見かけによらないなあ。

と思いながら聞いていた。

その時、家の奥から、浦川が眉間に皺を寄せて出てきた。

「さっきからグダグダと……気持ちよく昼寝もできないではないか」

不満げに文句を言う浦川の側には、いつの間に来ていたのか、お勝の姿もあった。さらには、銀次郎とその仲間たちも、飴玉を口の中で転がしながら、人を舐

めきったような態度でついてきていた。

七

「銀次郎……こっちへ来い。そんな奴らと一緒にいたら、おまえまで腐ってしまうぞ」

菊之助は両手を広げて招いたが、銀次郎は鼻白んだ顔で見ているだけだった。

浦川はニンマリと笑って、

「若旦那。俺たちに恨みでもあるのか。まるで目の敵にしてるようだが」

と近づいてきた。

「俺が嫌いなのは、何も知らない子供を利用するってことだ。悪さをやりたきゃ、死罪の覚悟を持った大人だけでやれ」

「ほう。俺たちが、どんな悪さを？」

「銀次郎は、まだ十四歳だ。どんな悪事を働いても罪一等減じられる。だが、十五になれば、おまえたちと一緒に獄門となる。だから、助けたいだけだ」

御定書七十九条のことである。もっとも、人殺しなどやらかした罪の重さによっては、一年、親戚などに預けられた後に、遠島になることもある。だから、菊之助は弟のように可愛がっていた銀次郎を、悪夢から救い出してやりたいのだ。

「上等な心がけだが、大店の跡継ぎらしく、余計なことには首を突っ込まず、金だけ出しておけばよいのだ」

浦川が冷ややかに言うと、菊之助はあまり人に見せたことがない憎悪の顔になって、

「それが本音だな、浦川さんとやら。だがね、俺は金も出すが口も出すんだ」

「命は大切にした方がいい。あまり、いい気になってると胴から首が離れるぜ」

言い終わらないうちに、浦川は素早く抜刀し、鞘に戻した。傍らに飾ってあった竹細工が音もなく、綺麗に切れてポトリと落ちた。

だが、菊之助はまばたきひとつせず、睨みつけて、

「その程度の腕で自慢たらしい。蠅（はえ）が止まりそうだったぜ」

「挑発してるのか」

「俺を殺せば、すぐに御用だ。おまえも首が飛ぶ。旧悪もすべて、晒（さら）されてな」

「……何だと」

「あんたは、金で何でも解決できる。そう思ってるのだろうが、そこんところは、

俺とまったく同じだよ。大概のことは、金でどうにでもカタがつくってもんだ」

「……」

「だがね、強い力がある者や凄い金を持つ者は、正しいことに使わなきゃな。あんたがやってるのは、自分の欲のためだけだ」

毅然と言ってのける菊之助の姿が、桃香には意外だった。

「なるほどね、だから、この町は〝六欲天〟と言われてるのね。天上で悟りを開ききれないどころか、まだまだ世俗の欲が渦巻いているから、閻魔様が怒ってるのかしら」

「なんだ、そりゃ」

浦川は、余計な御託を並べる桃香にも険しい目つきで、

「ふたり仲良く、極楽にでも行くか」

と脅しをかけた。

「上等です。やれるものなら、やってみなさいよ！」

桃香は片足を裾から出して踏み込み、まるで女侠客（きょうかく）のようにポンと胸を叩いた。

「おっ」と吃驚したのは菊之助の方である。だが、なぜか嬉しそうに、

「いいねえ。俺ア、そういう桃香さんが、たまらなく好きなんだよう」

と、にやけた顔になった。

「ふざけた奴らだ。二度とここへ来られねえように、足腰を折ってしまえ」

乱暴な声で浦川が煽ると、若い衆たちは怒声を浴びせながら、桃香と菊之助に殴りかかった。だが、桃香はまるで鞠でも転がすように、若い衆を土間の下に投げ落とし、菊之助も容赦なく相手の顔面や金的など急所を狙って拳や膝蹴りを浴びせた。

数人の若い衆は、十も数えないうちに、すっかりのびてしまった。中には口から泡を吹いているのもいる。

銀次郎だけは飴玉を飲み込んでしまうほど驚いた顔で、部屋の片隅に立っていた。

浦川はおもむろに歩み出て、

「とんでもないことをやってくれたな。こっちも遊びは終わりだ」

と言うと、人相の悪い浪人や本物のならず者たちが、ざっと三十人ほど、何処に潜んでいたのか、大挙して出てきて、桃香たちを取り囲んだ。

さすがに、菊之助も尻込みしたが、桃香はまったく表情が変わらず、むしろ楽しそうに弾んだ声で返した。

「ほらね。ぞろぞろ油虫のように出てきやがった。一匹残らず成敗してあげるから、怪我したくない人は立ち去りなさい」

「何様だ、てめえ」

先頭の浪人が抜刀術のような速さで切り込んできたが、桃香はすでに見切っており、相手の腕を逆くの字に曲げて背中から倒し、次の瞬間には刀を奪っていた。

「女だてらに！」

他の浪人やならず者も斬りかかってきたが、桃香は菊之助を押しやり、自分が体を相手に投げ出すように戦った。

声も上げず、気迫だけで「エイヤッ」と敵を次々と斬り倒した。峰打ちで叩きつけているのだが、時に切っ先が相手の手首や首などを切って、鮮血も飛んでいる。その血飛沫が異様なほど真っ赤に広がるので、悲惨な情景に見えるが、さほど大怪我はしてない。

それほどの腕前を見ていて、浦川はおもむろに刀を抜いた。

「やはり、只者ではなかったか」

有無を言わさぬ太刀捌き（さば）きで、桃香を狙って、浦川は打ち込んできた。さっきの剣扱いとはまったく違う鋭い太刀筋に、桃香は危うく一撃を食らうところであった。振袖を投げるようにして、浦川の剣を巻きつけ、素早く相手の懐に飛び込むと、首根っこに刀の根本をあてがった。

「?!――」

一瞬、身動きが取れなくなった浦川に向かって、とっさに菊之助が襲いかかり、横っ面から思い切り、帯から抜き取った鉄扇を浴びせた。ガツッと鈍い音がして、浦川は昏倒し、その場に崩れた。

啞然と見ている甚五郎に、桃香はズイと歩み寄って、

「あなたが守ろうとしているのは、こういう連中なのです。見ましたよね。自分が気に食わないと、平気で人を殺そうとする奴ら」

「あ、はい……」

「衣食足りて礼節を知る、というけれど、小人閑居(しょうじんかんきょ)して不善を為す、の方ね。品性のない凡人は、他人の目がないと悪いことをする。だから、四書五経くらい学ばないと、刀を持たせちゃいけないんですよ、本当は」

「……」

「でね。人の品性ってのは、働くことでしか学べないって、父上……いえ『雉屋』の伯父さんは、よく言ってますよ」

　桃香が同意を求めると、甚五郎も同じことを『信濃屋』主人の元右衛門も常々、話していたと答えた。そして、チラリと傍らに立っている菊之助を見た。

「あれ？　俺はちゃんと働いてるからね。地代や店賃(たなちん)の集金は、結構、大変なんだから。難癖つけて、払わない者もいるからよ」

　菊之助が文句を言っているところへ、伊藤と松蔵が駆けつけてきた。目の前で、何人もの浪人やならず者がぶっ倒れているのを見て、唖然となったが、桃香は微笑んで、

「伊藤の旦那。ぜんぶ、菊之助がやっつけたんだよ。凄いでしょ。これから、捕り物に駆り出したら如何？」

　と言った。

「そうなのか……いや、ガキの頃は、かなりの暴れ者だとは聞いてたが……」

「ところで、この浦川は何をしてたの」

　桃香が訊くと、伊藤は探索上の秘密だと言いながらも、話した。浦川はある盗賊一味を率いて、大店を狙って大金を盗ませた上で、この町に匿(かくま)っていたのだ。いわば、町ぐるみを〝盗っ人宿〟として利用していたという。ぶっ倒れている浪人やならず者たちも、その仲間だ。

しばらくすると——南町奉行所の捕方が大挙して押し寄せ、ひとり残らず捕縛した。浦川も観念したのか後ろ手に縛られて、悪態をつきながら引っ立てられた。

その浦川を縋るように追いながら、お勝は懸命に声をかけた。

「おまえさん……ごめんよ……こんなことになっちまったのは、私のせいだ……私がちゃんと金を渡さなかったから、盗みなんかに手を出したんだね」

「……」

「私が悪いんだ……新さん……私も後から冥途(めいど)に追いかけるからね」

涙ながらに訴えるお勝もまた役人に縛られたが、菊之助には悪態をつかずに、小さく頭を下げた。そして、小さな声で、

「若旦那……私や新さんのような貧乏に生まれた人間はね……お金しか信じられないんだよ……人の心だって、お金で買える世の中だからね……でも若旦那、この桃香って小娘は、あなたの手には負えないだろうね」

と助言するように呟いた。

すると、桃香も見送りながら、お勝に言った。

「人には助けが必要なんです。お金じゃない助けがね……正しいことと、親切のどっちかを選ぶとしたら、人は親切の方を選ぶんです。あなたも親切を選んだ。

だけど、浦川って人はあまりに悪すぎたんだね。それが間違いだったたんですよ」

「――うるさいよ、小娘に何が分かる。女心ってのはね……」

言いかけて虚しくなったのか、お勝はそれ以上、何も言わず、役人に縄で引きずられていくのだった。

入れ替わりに、あたふたと城之内が駆けつけてきた。

桃香の姿を見つけるなり、「ああっ」と情けない声を上げながら、

「ご無事でしたか……良かった、良かった、若君……」

と近づいた。

「えっ、若君……？」

菊之助が見やると、城之内は慌てて、

「あ、いや、私は讃岐綾歌藩、江戸家老・城之内左膳という者。わ、若君が、閻魔町に来ていると聞いて、その……」

と言いかけた。すると菊之助は、がっくりときて、

「もしかして……やはり、そうなのか……桃香さんは、綾歌藩の若君に輿入れするというのは、本当なのかい」

無念そうに落ち込んだが、その後ろから、桃香が目配せをした。城之内は何だ

か分からないが、適当にその場を誤魔化した。

「そ、そういうことだ……あれ？　若君は何処におりますかな、桃香様」

「さあ。私も帰ろうっと」

桃香は何事もなかったように、その場から立ち去ると、城之内も追いかけようとした。その前に、菊之助が立ちはだかって、

「ご家老様なら、お願い申し上げます。桃香さんは、私の命です。どうか、どうか、若君に諦めるよう、私に譲って下さいますよう、お願い申し上げます」

と言ってから土下座した。

「あ、いや……どこのどなたか存じ上げぬが、それは無理というもの。なにしろ、若君も桃香様にぞっこんなのでな」

振り切るようにして、城之内もスタコラサッサと桃香を追いかけた。

土下座したままの菊之助だが、ゆっくり上げた顔には、

――絶対に、桃香を諦めぬからな。

という決意に満ちていた。

その後、閻魔町は、正式に町奉行支配になり、伊勢や近江から移り住んでくる〝江戸店〟を中心に栄えるようになった。「現金掛値なし」の風潮が広がったのは、

元禄の頃からであるが、日本橋に負けない大きな店も構えられるようになった。
同時に、大店の裏に、裏長屋も作られ、店の奉公人は元より、幕府から最低限の金を貰って暮らす人々も、安心して過ごせるように施策された。閻魔町で行われていた甚五郎の方法は、治安のためにも悪くないと、幕府が判断したからである。

銀次郎も、甚五郎のもとで働くことになったが、一時、荒れていたのは、――結局、『信濃屋』の旦那は、息子同然にと言いながらも、浮かれるように遊んでばかりの若旦那の方が可愛いのだ。

と感じて、ひねくれていたのである。

幕府の制度によって、銀次郎も暮らしはなんとかなった。もっとも、表店が裏長屋の住人を支援する仕組みは良いものの、享保年間のこの時代、江戸の人口は百万人を越していた。その半数は町人であり、幕府がすべて援助するのは財政的にも難しい。

「さて、どうしたものか……」

菊之助は前々から、人々の暮らしについて、真面目に思案していたが、それよりも、今は桃香のことが気になって仕方がなかった。

第四話　望郷はるか

一

本所菊川町の讃岐綾歌藩上屋敷には、材木問屋『信濃屋』の若旦那・菊之助が、きちんとした黒羽織で訪ねてきていた。

家臣たちが控えて見守る中、江戸家老の城之内左膳と対面しているのだ。お互い睨み合ったまま、もう一刻が過ぎようとしている。困惑気味に苛々している城之内だが、菊之助の方は両手を突いたまま微動だにしない。

痺れを切らした城之内の方が、強い口調で言った。

「どう言われても、桃香を……いえ、桃香様をお譲りするわけには参りませぬ。若君もこの件については、そこもとに会う謂われはないと拒んでおいでです」

「そこをなんとか」

「無理です」

「せめて、私の誠意に応えて下さいませぬか。温情ある御仁と聞き及んでいる若君が、門前払いのような仕打ちとは、あまりに無慈悲でございます」

菊之助らしくない、丁寧な言葉遣いで、懸命に訴えた。

「門前払いどころか、かように座敷まで通しておるではないか。礼を持って接しているつもりですがな」

城之内も意地になったように、首を縦に振らない。相手がカッとケツを捲るのを待っているのだが、噂と違って、目の前の菊之助は意外と我慢強い。これほどの根性があるならば、別のことに使えばよいのにと、城之内は呆れ返っていた。

「ご覧のように……」

中庭の方に、菊之助は目を移した。そこには、大八車があり、その上に千両箱が五個、載せられている。

「今日のところは、五千両、用意致しましたが、後五千両、都合一万両、お渡ししますので、桃香さんをお譲り下さいませ」

「無礼者。だめだ、だめだ」

「まだ少ないとおっしゃるのでしたら、三万両、いや五万両……いえ、十万両、持参致します。それでも、駄目ですか」

「じゅ、十万両……!?」

一石一両と数えても、十万石の大名でも、おいそれと用立てできない、とんでもない金額である。だが、菊之助は本業の材木ではなく、自分が任されている、江戸市中に六十数ヶ所の地所の地代だけでも賄えると、豪語した。

「いや、それは……」

城之内は一瞬、迷うような素振りになったが、「いいや」と首を横に振り、

「金を積めば良いと考える、その商人根性には腹が立つ。しかも、まるで人買いでもするような所行、断じて許し難い。もし、おぬしが武士ならば、この場で斬り捨てておるところだ」

「ならば、斬り捨てて下さいませ。桃香さんと一緒になれないくらいなら、もうこの世に未練はない。さあ、殺して下され」

「ば、バカを言うな。斬るわけがないと思うて、そんなことを……」

本当に腹が立ってきた城之内は、力尽くでも追い返そうと覚悟を決めた。だが、菊之助の方も意外としぶとい。

「恐れながら……」

と菊之助はガラリと鋭い目つきに変わって、城之内を見上げた。

「なんだ」

「讃岐綾歌藩の財政を調べさせて貰いました。ええ、うちも公儀御用達でございますし、諸大名の公儀普請にも深く関わっておりますので、二百数十藩の懐事情も把握しております」

「だから、どうした」

「大変言いにくうございますが、讃岐は諸国にあって、最も石高が低い部類です。しかも、綾歌藩は水利が悪く、雨も少なく溜池頼りの上、雑穀にも適さず、かといって特段の産物や誇れる民芸細工の類などもありませぬ」

「……だ、だから、なんじゃ」

「表高は三万石ですが、実質は二万石にも満たぬとも算出できます。もちろん、海の幸は多く、金毘羅街道などもありますれば、上方や九州からの参拝客が大勢押し寄せるので、それで潤えている面はありましょう。それでも、貧しい国であることは、紛れもない事実……」

「黙らっしゃい」

　城之内は野太い声を発した。仮にも、江戸屋敷を預かる家老であり、武門で鍛えた体もあるから、押し出しは強い。

「足下を見おってからに。たしかに我が藩は豊かとは言えぬ。だが、領民たちは、真面目で勤労に励み、足るを知り、神仏に感謝し、人を思いやり、幸せな日々を暮らしておる」

「……」

「そこもとは立派な商家の跡取りと聞いておる。だが、金で何事も解決すると思うておっては、ましてや人の恋路まで金で始末しようとするは、人道に悖(もと)るものだ。若君も同じ考えでござろう。早々に立ち去れ！」

怒り心頭に発して、城之内は豪語した。が、菊之助はキョトンとして、

「——何を怒っているのですか」

と言った。

「おまえ……それも分からぬバカタレか」

「とんと分かりません。私はただ桃香さんを諦めて欲しいと訴えているだけです。でも、それでは若君も納得できますまい」

「金など要らぬ！」

「ですが、結納金を払ったりしていたら、倍返しです。私はそのお手伝いをしたいと思い、できる限りのことをすると申し出ているのです。それのどこが、いけ

ないのでしょう」

「おまえとは一緒にならぬと申しておるのだ、しつこいのう！　土台無理な話なのだ。諦めて帰れ！」

「もし、桃香さんが、私のことを好きだと言ってもですか」

突然の菊之助の言葉に、城之内はエッと凍りついた。

「さ、さようなことを言うたのか」

「いいえ。まだ聞いておりません。ですが、もし、若君よりも私に惚れたとしたら、如何いたしますか。譲っていただけますか」

切羽詰まった顔で菊之助が訴えたとき、奥から若衆髷に白綸子の羽織を着た桃太郎君が、ゆっくりと小姓を引き連れて現れた。その顔は神々しく、肘掛けのある上座に座ると、菊之助は思わず平伏した。

桃太郎君の登場に、城之内の方が驚いた。目顔で、

――私に任せると言ったでしょうが。

とでも言いたげに振る舞った。

「おまえが、菊之助か。面を上げよ」

桃太郎君が言うと、菊之助は決然とした顔を上げた。

「聞いておったが、自分勝手な奴よのう」

「申し訳ありません。私は……」

「話は分かった。それほど、桃香に惚れているのであれば、まずは桃香の心を射止めることだな」

「は、はあ……」

「桃香からも話を聞いたが、おまえのことは嫌うておる。実に軽薄な男だとな」

「えっ、そんなことを、お話しに……」

「さよう。余と桃香は一心同体。まさしく、一心同体」

言葉を強調すると、城之内は少しハラハラとした気持ちになってきたのか、そっぽをむいてグッと耐えている。

「一心同体……ですか……」

菊之助は誤解をしたようで、しょんぼりとなったが、気を取り直して、

「構いません。私は、たとえ桃香が穢れていようと……あ、申し訳ありません……そういう意味ではありません……私は十万両の弁償をしてでも、我が妻にして一生、大切にしとうございます」

「それは余とて、同じ気持ちじゃ」

「ならば、若君。是非に賭けを致しませぬか」

「賭け事は嫌いだ」

「では、勝負と言い換えてもいいです。もし、私が桃香さんの心を射止めることができれば、諦めて下さい。それが叶ったら、十万両差し上げます。ですが、桃香さんを私に振り向かせることができなければ……そこの五千両だけで、ご勘弁下さい」

「――どっちにしろ、余が金を貰えるではないか」

「五千両はご祝儀です。私が桃香さんをいただければ、弁償金ということです」

「あくまでも金で……と申すのだな」

「はい。私は商人ですので」

意志が強いということは、桃香に扮しているときに垣間見た菊之助の姿を見て、よく知っている。桃太郎君は扇子でポンと膝を叩いて、軽やかに言った。

「面白い。その勝負とやらに、乗ってやろうではないか」

「若君！　それは、なりませぬぞ」

思わず城之内は腰を浮かせたが、桃太郎君は微笑を浮かべて、

「こっちは損をせぬのだ。勝負を受けてみようではないか」

桃太郎君が言うと、菊之助がニンマリと笑った。

「損をせぬ——と申されましたな」

「それが如何した」

「桃香さんを失ったとしたら、十万両では足りないのではありませぬか？　私は桃香さんを手にすることができれば、十万両なんぞ安いものだと思うております」

「相手は人だ。悔しかったら心を射抜いてみよ。桃香は余にぞっこん惚れておる。もちろん、桃香以上に余も、な」

自信に満ちた桃太郎君の顔を、じっと見上げていた菊之助が少し首を傾げた。

「なんじゃ。余の顔に何か付いておるか」

「いえ……どこかで、見たことがあるような……ないような……はて……」

菊之助がさらに首を伸ばしたとき、家臣の小松が廊下から、いそいそと入ってきて城之内に耳打ちをした。

「——なんだと?!」

驚いた城之内は思わず、声を洩らした。

「若君。偉いことが起きました。我が藩の領民で、漁師の半助が長崎奉行に捕らえられ、江戸に連れて来られた由……」

「なに、観音寺村（かんおんじむら）の半助が?!」

「これは大変なことでございまするぞ。直ちに、江戸城に参って、上様に直訴致しましょう。でないと、処刑されてしまいます」

城之内に誘われるように、桃太郎君は席を立った。急いで立ち去り際、

「菊之助。今日のところは、これまで。だが、まずは、桃香を如何（いか）に口説くか。お手並み拝見といこうではないか。さらばじゃ」

と言い捨てて、奥へと向かうのだった。

「ハハア!」

菊之助は両手をついて深々と頭を下げたが、何か思惑でもあるのか、余裕の笑みを浮かべていた。

「――若君……俺を見くびったな……見ておれよ」

二

観音寺の半助というのは、讃岐綾歌藩の地元では、ある事件に巻き込まれたと

して、よく知られていた。

当時でも、瀬戸内海には、村上水軍などの末裔が跳梁跋扈しており、航行している大きな五百石船などでも、急に襲われることがあった。塩飽諸島も同様である。島影に潜んでいた海賊集団が、商船に襲いかかり、暴力にものを言わせ、物品を奪い取っていた。

あるいは火矢などを打ち掛け、わざと難破させたり、島の浜などに漂着させた上で、金目のものを漁るのである。もっとも、漂着物は、流れ着いた土地の領主の所有になるという、戦国時代からの不文律が残っていた。

半助は海賊に襲われたのではない。たまさか、夜釣りをしていたとき、海賊衆に水先案内をさせられて、遥か紀伊水道の方まで行ったのだった。

そのまま海流に流されて、ずっと太平洋の沖合に出ていき、海の藻屑となった——と思われていた。半助の小さな漁船は転覆して、漂流しているのが見つかったからである。

だが、七年ほどの時が経って、

——半助は生きている。

という報せが、長崎奉行から、綾歌藩の江戸上屋敷に届いた。

半助はなんと、太平洋に出てから黒潮に流されているところを、運良く異国の船に助けられたという。だが、その船も嵐に遭い、千島列島の方へ流され、さらにロシアにまで流されたが、日本海沿岸の今でいう〝沿海地方〟のアヌチノという村で暮らしていたという。

現在のウラジオストクの方の近くで、ここからは、海を隔てた遥か遠くに日本が見えるという。北はロシアのハバロフスク、西は中国、南には朝鮮がある。沿海地方の気候は比較的温暖であるが、瀬戸内で生まれ育った半助には厳しかったであろうと想像できる。

漁師だった半助は半島にある、沿岸の村に移って、烏賊や鱒などの漁に携わったというが、望郷の念に駆られる毎日だった。漂着してから、四年余りを経た後、思い切って、地元の漁師の協力を得て、蝦夷に渡った。将軍吉宗が日本全国に測量隊を派遣していた時期とはいえ、蝦夷はまだまだ遠い存在だった。

だが、蝦夷に渡って沿岸伝いに死に物狂いで、ひとりで旅をしていたとき、松前藩の役人に見つかり、保護されたのである。その時は、髭がぼうぼうで日焼けをしており、アイヌ人と間違われたそうだ。

その後、半助は松前藩の役人によって、遠く長崎まで連行された。

国禁を犯したからである。

〝鎖国〟を立て前としていた江戸幕府は、長崎だけを窓口として、オランダと中国のみと交易をしていた。自分から望んだわけではなく、漂流して異国に行ったとしても、帰国することは基本的に許されなかった。故郷に戻ったとしても、まるで前科者のように、領主や名主らに監視されて過ごさねばならなかった。それゆえ、息苦しくなって、また異国に舞い戻ったという例もある。

半助の場合は、長崎奉行配下の牢屋敷に留められ、様々な異国での暮らしぶりや情勢などを聞いた上で、幕府へ上申して後、帰省が叶うかどうかが判断される。半助は、単なる漂流した漁民であり、異国からの〝密偵〟という疑いもないことから、江戸に移された。

まずはオランダ宿に留められた。これは、オランダ商館長であるカピタンが、江戸参府した際に宿泊する所である。江戸のオランダ宿は、『長崎屋（ながさきや）』源右衛門（げんえもん）が営んでいた。ここは、江戸町奉行の支配だったが、もちろん長崎奉行も監督している。オランダ商館員を江戸市中に出歩かさないためである。

その代わり、邸内では、オランダ交易のための〝物産展〟のような催し物を、江戸商人たちを集めて執り行った。日本の金細工や漆器や陶器、絹織物や呉服などは人気であった。もちろん、商人たちが勝手に取り引きは出来ず、役人の監視の下で行われた。

そういう宿であるから、半助としては、罪人扱いから、異国人扱いに〝格上げ〟されたことになる。江戸にて、幕府の役人から事情を聴取された後、故郷の讃岐に帰ることができる――はずだった。

ちょっとした事件は、半助が江戸に連れて来られた数日後のことだった。

オランダ商館の者たちは、幕府への献上品以外に、『長崎屋』への付け届け代わりに、異国からの品々を贈ったり、半値で買わせたりする。それを売って、『長崎屋』は利益にするのである。さらに、幕府の偉い人たちに贈られたものは、本来の五割増しで買い取った上で、もっと高値で売り払っていた。暴利というほどではないが、世話役としての特権があったのである。

この『長崎屋』は、幕府から本来、御禁制の朝鮮人参の売買を唯一、認められた薬種問屋である。日本での栽培が難しい朝鮮人参が、医療のために必要だったからだ。それゆえ、厳しい監視が為され、町奉行所の役人が常に見廻りに来ており、カピタン在府の折には、より神経を尖らせていた。

だが、カピタンの随行員ひとりが、江戸の町を勝手に出歩くという事件が起きた。取り締まりの役人や長崎から同行した付添人の目を盗んでのことだった。

町奉行所の同心は、朝から晩まで、人の出入りを厳しく監視し、門の鍵も同心が預かっていた。

にも拘わらず、江戸城での幕閣らへの拝礼が終わった翌日に、気が緩んだのか、オランダ通詞とともに、日本橋界隈の賑わいを見物したのだ。ハッシネンというオランダ人が、着物に着替えて頭巾まで被ってのことだった。

その夜のこと――。

ハッシネンが『長崎屋』に帰って来ないとの連絡を受けた南北の町奉行所与力や同心らが探していると、死体で見つかった。何者かに刺し殺されたのである。

これが公になれば、幕府とオランダとの〝国際問題〟にもなりかねない。

直ちに、『長崎屋』にて亡骸を保管し、その後、どうするか、長崎まで運んで異人墓地に埋葬するか、江戸にて荼毘に付すかなどの検討が為されることとなった。

カピタンは幕府の態度を不審に感じ、怒り心頭だったが、元はといえば規則を破ったがための不幸である。下手人探しの探索は直ちに始まっていたが、この騒動が、半助にも影響したのである。

翌日、南町奉行まで出向いて、大岡越前(おおおかえちぜん)に取り調べられることが決まっていたが、一旦、長崎に送還されることになったのだ。

「――そんな馬鹿な……俺は関わりないやないか……」

牢部屋ではなかったが、常に手代らの監視がついており、『長崎屋』の屋敷の外には、同心や岡っ引などが見張っている。事件があってからは尚更である。

南町定町廻り(じょうまちまわり)同心の伊藤洋三郎(いとうようざぶろう)が訪ねて来たのは、そんな真夜中のことだった。

「ハッシネンとは、仲が良かったらしいな」

伊藤はなぜ江戸の町に出たのか。そして、誰に何故、殺されたのかを探索していたのだが、半助は自分が責められているように感じているようだった。

震えながらも、半助は一生懸命応えた。長年の苦労をしたのか、漁師にしては、手足が細くなっている。漂流民として帰って来たという哀れな身上もあって、貧相に感じる。

「仲がよいというか……大変、お世話になりました……長崎でも、江戸に来るまでの道中でも……」

半助は伊藤の問いに素直に答えた。

「どんな奴だった」

「異国をあちこち旅しているから、色々な知識は豊富ですが、どちらかというと剽軽で、楽しい人でした」

「なぜ、決まりを破って、江戸市中に出たと思う」

「そりゃ……興味があったのではないでしょうか……これまでもハッシネン以外に、こっそり江戸の町に出たり、吉原というんですか、江戸で一番の遊郭に遊びに行ったなどと、聞いたことがあります」

「まことか……」

「その際の手筈は、『長崎屋』さんが仕切っているとも……」

「めったなことを言うな。ここは、町奉行と長崎奉行が目を光らせているのだ。おまえの話じゃ、役人はまるで見て見ぬふりをしているとでも言いたげだな」

「いいえ、そんなつもりは……ただ耳にした話を言ったまでです」

「では、ハッシネンという奴が、江戸で誰かと会う約束をしていたとか、何か企んでいたという話はないのだな」

「えっ……そんなことがあるのですか……俺なんぞが、知るはずがありません」

「ま、そりゃ、そうだな」

伊藤は漂流民に過ぎない半助が、何か深い事情を承知している方がおかしいと

思った。だが、本来なら町奉行が、

――この男は、異教の信者になっていないか、日本に不利益をもたらせる密命を異国から帯びていないか、国内で元通り暮らさせてよいかどうか。

などを判断する詮議の場があるはずだった。しかし、先延ばしになり、長崎に戻されることとなったのだ。そのことも、伊藤から通達されて、半助は思わず泣き出した。

漂流して一命を落としそうになったことをはじめ、極寒のロシアでの苦労話を色々と話してから、半助は嗚咽(おえつ)しながら、

「あんまりだ……やっと、ここまで来ることができたのに……江戸に来る途中、故郷の讃岐を船中からも見た……すぐ目の前なのに、通り過ぎた……でも、帰ることができる。もう少しの我慢だ……そう思ったのに、なんで、こんな目に。あぁ……」

と嘆いた。

「讃岐……四国の讃岐か」

「はい。讃岐綾歌藩の領内にある観音寺という村です」

「綾歌藩。あの松平(まつだいら)桃太郎君の……」

「えっ。ご存じなのですか」

「いや、まあ、知らぬではないが、江戸家老の城之内さんならば、たまに会う。桃太郎君は、上様の〝はとこ〟らしいから、なんとかしてくれるんじゃねえか」

伊藤が不用意に言った言葉だが、半助にとっては、一筋の光明に思えた。

「可哀想だが、今回は諦めて、時を待つんだ。お上だって、無慈悲じゃないと思うぜ」

「……」

「俺は……舞衣（まい）に会いたいだけです」

「舞衣ってなあ、妹か誰かかい」

「許嫁（いいなずけ）だった……同じ村の幼馴染みで……でも、こんなことになったから、今頃、どうしてるか分からねえけど、もう七年も経ってるんだから、嫁に行ってるだろうな……」

「そりゃ、会いたいだろうな。親兄弟はいないのかい」

「親父は小さい頃に亡くなったけど、おふくろは元気なら、まだ五十そこそこだ。達者でいて欲しいなあ……子供は俺だけだったから、悲しんでるんだろうなあ」

半助は故郷の山河や海を思い出したのであろう、遠い目になって、懐かしい思い出を手繰り寄せるように、腕を虚空に掲げた。

殺されたハッシネンの探索が、図らずも半助の切実な思いを聞くことになったわけだが、〝人でなし〟とよく言われる伊藤でも、胸打たれるものがあった。

「そういえば……」

ふいに半助は、伊藤を振り向いて、

「ハッシネンには、長崎で知り合った女がいて……たしか、おタネとか言ったが……その女との間に娘ができたけど、離ればなれになったとか話してたことがある」

「そうなのか？」

「江戸にいるかどうかは知らねえよ。でも、もしかしたら……」

愛し合った女とその子を探しているのかもしれないと、半助は話した。

「なるほど。それで、何か揉め事があって、殺されたのかもしれねえな……ああ、そうかもしれねえ」

何か確信を得たように、伊藤は頷いた。何処でどういう殺され方をしたのか、半助は知る由もない。だが、自分も舞衣に会いたいという思いに重ねて、何とも言えない辛い思いになった。

「我慢するんだぜ。おまえと会ったのも何かの縁だ。一応、讃岐綾歌藩の江戸家老の耳には、入れておいてやるよ」

「ほ、本当ですか……」

「厳しい御定法だからな、どうなるかは分からないが、本所菊川町に上屋敷がある。俺も前は、本所廻りだったから、家老の城之内さんとは、知らぬ仲でもない」

「本所……城之内様……そうなんですか……ありがとうございます。どうか、どうか、よろしくお願い致します」

必死に嘆願するような姿の半助を、いま一度、伊藤は慰めてから立ち上がった。

三

市中のあちこちで町方の捕方の呼び子が聞こえる。寝静まった江戸の町の目を覚まさせるように、響き渡っていた。

「何があったんだろうねえ……もう町木戸が閉まっている刻限なのに、何処かに盗賊でも出たんだろうか」

表戸を閉めながら、外の様子を見ていた『雉屋』福兵衛は、闇の中に人影を見た。

中肉中背の町人姿だが、手拭いで頰被りをして、素早く富岡八幡宮の境内の方へ走っていった。あちこち行ったり来たりしている様子から見て、この辺りの土地鑑があるとは思えない。

——もしかして……。

こいつが町方に追われているのではないかと察して、福兵衛は後を尾けた。

掘割沿いの広い道を歩きながら、屋敷を探しているようだった。当時、商家なら屋号を書いた軒看板があったが、武家屋敷には表札などは掲げられていない。だから、行ったことのない場所なら分からないはずだ。

「何処か、お探しかね」

背後から福兵衛が声をかけると、頰被りの男はギョッとなって振り返った。一瞬、逃げ出そうとしたようだが、思い直したのか、頰被りを取って、軽く頭を下げた。

半助である。伊藤の話を聞いてから眠ることができず、たまらず同心らの目を盗んで、宿を出てきたのである。

「この辺りに、讃岐綾歌藩の上屋敷はございませんか」

と福兵衛に問いかけた。

「何の用だね。こんな刻限に」

「はい、ちょっと……」

「ちょっとでは分かりませんな。あの呼び子と関わりあるのかね」

「え、いえ……私は、讃岐綾歌藩の領民で、訳あって江戸に来ております。どうしても、ご家老の城之内様にお伝えしたいことがあって、こうして……」

城之内の名前を出されて、福兵衛はまったくの出鱈目でないと思い、怪しい奴だと警戒はしつつも、

「そのお屋敷なら、小名木川の向こう、竪川の手前にある菊川町だから、まったく明後日の方を探してましたな。私が案内しましょう」

「えっ……？」

「綾歌藩の御用達の呉服商で、『雉屋』福兵衛という者です」

「そうなのですか……これは、なんという巡り合わせ……有り難いです」

半助はそれ以上、何も言わなかったが、素直に福兵衛を信じて、ついてきた。

町木戸は閉まっているが、掘割沿いや路地には抜けられる所もある。

立派な長屋門の武家屋敷の前に立つと、半助は恐縮したように震えた。

「訳がありそうだね」

福兵衛が親切ついでに、番人に声をかけてやろうかと訊いた。素直に頷いた半助は、不安だらけの顔だった。

真夜中だったが、『雉屋』と訊いて、城之内が飛び起きてきた。まるで待っていたかのように、福兵衛に摑みかからん勢いで、

「若君は、おまえの所か。昼間出かけたきり、帰って来ておらぬのだ」

と言った目が半助に留まり、それ以上、話すのを止めた。

「——この者は……？」

道案内しただけだと福兵衛が言いかけると、半助は土下座をして、

「ご家老様でございますか。私は綾歌藩領民で、半助と申す者でございます」

と言ったとたん、城之内は「エッ！」と驚いた。

「おまえが半助か。しかし、なぜ、かような所に……『長崎屋』にいたのではないのか……とにかく中に入れ、入れ」

城之内は福兵衛にも一緒に話を聞けと、招き入れた。

座敷の薄灯火の中でも、半助は土下座をし続けていた。城之内は頭を上げろと

命じ、逗留しているはずの、オランダ宿から抜け出てきた訳を聞いた。城之内の耳にも、オランダ商館員が江戸市中を出歩いている間に、何者かに殺されたことは入っていた。

そのことで、桃太郎君は半助のことと関わりあるのではないかと心配し、いつものように勝手に調べ始めたという。福兵衛も溜息で聞いていたが、半助も驚いて、

「若君が、私のために……ですか……恐れ多いことです……」

と恐縮した。

「おまえのことは国元では、大騒ぎになったからな。藩を挙げて探索もしたのだが、紀州の沖で、おまえの漁船が転覆して漂流しているのが分かって、みんな嘆いていたのだ」

「嘆いていた……私ごときにですか……」

「そりゃそうだ。領民が海賊に攫われた上に、行方知れずになったのだからな、特に国元のお殿様は慈悲深い人だから、まるで自分の親戚の者のことのように案じておった。だから、今般、長崎奉行から報せが入ったときも、若君も大喜びだった」

「ありがたや、ありがたや……」

　半助は両手を合わせて、ロシアに漂着してからの苦労話をしてから、故郷に帰りたいと訴えた。長崎に来てからですら、もう一年が過ぎようとしている。

「何より、俺はおっ母さんや……一緒になると約束してた舞衣に会いたい……」

　泣きの涙でそう訴えた。半助はすぐにでも、なんらかの手続きを打って、観音寺村に帰して貰えると思っていた。

　だが、御定法上は、そう簡単にはいかないと、城之内は説明をした。

「安心しろ。オランダ宿に戻らせることはしない。おまえは、この藩邸で預かることができるよう、公儀に取り計らってみよう」

「本当ですか。嬉しい、こんな嬉しいことはない……ああ、帰ってきてよかった」

　今度は嬉し泣きになって、半助は袖が濡れるほど涙を流した。

「だがな、半助……篤と聞けよ」

「はい。なんなりと……」

「残念だが、おまえのおふくろは、流行病で亡くなったらしい。もう一昨年になる」

「えっ、そんな……」

「元々、体は元気な方ではなかったらしいな。おまえがいなくなった心労もあったのであろう。国元では郡奉行(こおりぶぎょう)の下、村の名主らが面倒を見てたらしいがな」

半助は何とも言えない気持ちになって、胸が張り裂けそうだった。

「そんなおまえに言うのは辛いが……舞衣のことだがな……」

「あ、はい。何か、あったのでしょうか」

「おまえがいなくなって、三年目に、嫁に行った」

「えっ……」

母親の死よりも、どん底に落ち込んだように半助の顔から表情が消えた。

「舞衣が嫁に……」

「まあ、聞け、半助……舞衣はな、おまえがいなくなってから、悲しみに沈んでいて、後追い心中をする覚悟までしたのだ」

「後追い……」

「だが、周りの者は死んだと決まったわけじゃない。生きて待つのだと励ましてな、田舎では辛かろうと、江戸のこの屋敷で面倒を見ることになったのだ。女中としてな」

あまりに意外なことに半助は驚いたが、城之内は情け深い目で、本当のことだと頷いた。そこへ、久枝が廊下から入ってきて、女中頭だと挨拶をしてから、屋敷内での舞衣の様子を話した。

「許嫁のあなたは重々、分かってることでしょうが、本当に気立てが良くて明るく、そして何より賢い。何事にも前向きで、他の女中たちにも、あっという間に打ち解けたわ。本当に可愛らしい娘さんでした」

「——そ、そうでしたか……」

半助の表情は暗いままである。そして、ぽつりと言った。

「俺を待ってくれてなかったのですね……まあ、そりゃそうだ……こっちは生きてると報せる手立てもなかったんだから……若い身空で、死んだかもしれねえ男を待ってろという方が、残酷というものだ」

「いいえ、たとえ六十、七十のお婆さんになっても、あなたを待ち続けると、舞衣はいつも言ってましたよ。でもね……」

「でも……？」

「嫁に行くのを勧めていたのは、私たちの方なのです。ねえ、城之内様」

久枝が物憂い顔になると、城之内もそれを受けて、

「さよう。朗らかな舞衣を見ているにつけ、この娘には幸せになって貰いたい……誰もがそう思うようになったのだ。おまえだって、そうであろう？　舞衣がずっと独り身でいることを、本当は望んでなかっただろう」

「……」

「『雉屋』も知っておろう。嫁ぎ先は、岩槻宿の雑穀問屋『越後屋』だ……主人の錦兵衛という者が江戸に来ていた折、この屋敷にも出入りしておってな。先に錦兵衛が見初めたのだが、実に良い男で、年は舞衣よりも十歳くらい上だが、この屋敷から嫁に出すことにしたのだ」

「そ、そうでしたか……」

「舞衣には実の母はいなかった、だから、おまえのおふくろを実の母と思って、ずっと面倒を見ると誓っていたのだが、亡くなってしまったからな……それで決心もついたのだ」

　城之内の決心という言葉に、半助は絶望を感じていた。折角、死に物狂いで帰って来たのに、あれは何のためだったのか、とでも言いたげな顔つきだった。

「若君は、おまえが居なくなった頃は、まだ子供だったから、遊び相手もしてくれた。だからこそ、今般も、半助が帰って来たと知ったときには、真っ先に飛んでいったのだ」

説諭するかのように、城之内はしみじみと聞かせて、

「おまえがいなくなってから七年余りの間に、色々と変わったのだ……それを受け止めて、故郷でまた漁師として暮らすがよい。まさに新しい船出だ」

「……」

「まだまだ若い。これからの人生、自分しだいで、どうにでもできる。儂（わし）も、おまえを国元に帰すべく、ご公儀と折衝する」

力強く言った城之内だが、半助は納得できないのか、俯（うつむ）いたままだった。

「直ちに許しが出るほど容易なことではないが、その間、この屋敷におるがよい。必ず守ってやるから」

城之内の言葉を補うように、福兵衛と久枝も慰めたが、その夜は明け方近くまで、半助は泣き続けていた。

四

翌日、伊藤洋三郎が松蔵（まつぞう）にぶつくさ言いながら、綾歌藩上屋敷を訪ねてきた。

用件はズバリ、半助が来ていないか——ということだった。対応に出た城之内は、知らぬと答えたが、素直に信じる洋三郎ではなかった。松蔵も不気味な笑みを浮かべながら、

「正直にお話し下さった方がよろしいと思いますぜ、ご家老様。咎人（とがにん）を匿えば（かくま）、若君どころか、国元のお殿様にも累が及ぶのではありませんかねえ」

まるで罪人を隠匿したかのような口振りの松蔵に、城之内は声を張り上げた。

「無礼者！」

思わず両耳を押さえて、松蔵は後ろへ飛び退いた。

「咎人とはどういう意味だ。半助のことなら、当藩にも報せが入っておるが、異国に漂流はしたが、罪人とは違う。そのことは、長崎奉行もお認めになっての采配であろう」

「ですがね、城之内様……」

伊藤は厄介なことになったと、親身なふりをして訴えた。

「例のハッシネンという異人殺しの件で、俺は半助に会ってるんです」

オランダ宿でのことを話し、長崎に送り帰されるから、綾歌藩邸に相談したら助けてくれるかもしれないと助言したのも伝えた。だから、半助は思い余って、

短絡的に逗留場所から抜け出し、この屋敷に来たのではないかと勘繰ったというのだ。

「いや、来ておらぬ」

城之内は断言したが、やはり松蔵は疑りの目のままで、

「この屋敷に真夜中に来た節があると、見かけた二八蕎麦屋がいるんですよ」

「しつこいのう。おらぬものは、おらぬ」

「では、なぜ半助はオランダ宿を抜け出したのですかね。身の上には、あっしも同情しやすがね、奴はまだ罪人扱いなんですぜ。見張りの目を盗んで逃げたってだけで、新たな罪を重ねたことになるってもんだ」

「もし……もしだぞ。この屋敷に逃れてきたとしても、半助は我が藩の領民だ。守ってやるのが、藩主の務め。儂は藩主の名代として、家老の職にある」

「いるんですかい？」

「仮にの話だ。しかも、この屋敷は、江戸にあって江戸にあらず。つまり、綾歌藩の領内である。江戸町奉行の役人は、踏み込むことができぬ。いや、老中や若年寄であってもだ。そこのところ、しかと心得よ」

城之内は正論を吐いたが、伊藤は納得しておらず、むしろ半助を匿っていると

確信に近いものを感じた。

「こっちはね、城之内様……ハッシネンという異人の事件でも厄介なことになったと苦戦してるのです。この際、ややこしいことになる前に、半助を返して貰えませんかね」

「断る――」

「あ、やっぱりいるんだ」

シタリ顔になって伊藤が迫ったが、城之内は首を横に振って、

「おらぬと言うておるではないか、しつこいのう。我が藩でも探し出すゆえ、身共を信じて貰いたい。よいな」

と話を断ち切った。

伊藤としては不満が残るが、相手は親藩大名ゆえ、町方がこれ以上のことはできない。引き下がるしかなかったが、松蔵は見張り役として、近くに残しておいた。

城之内は、ふたりが帰った後、久枝に相談して、

――一刻も早く上様の許しを得て、まずは我が藩邸の中間（ちゅうげん）扱いにし、国元に送ろう。

と決めようとした。

だが、久枝は狼狽(ろうばい)しながら、

「大変でございます……半助の姿が……半助の姿がありません」

「なんと！」

「もしかしたら、昨夜の私たちの話を聞いて、舞衣の所へ行ったのかも……」

久枝の心配したとおり——。

その頃、半助は板橋宿(いたばししゅく)の大木戸の手前で、行きつ戻りつしていた。道中手形を持っていない半助は、通れないでいたのだ。

「どうしたの、お兄さん」

何処から現れたのか、あっけらかんとした雰囲気の町娘が声をかけてきた。手(て)っ甲脚絆(こうきゃはん)に杖という、旅姿の桃香である。もちろん、半助は何者であるかは知る由もない。通りがかりの町娘に過ぎない。

「もしかして、手形を落としたの？」

「え……」

「私もよく失くすのよ。宿に忘れたりね。何処まで行くのか知らないけれど、よかったら、私と一緒にどう？」

「そんなことができるのですか」

「分からないけど、試してみる値打ちはあるかもね」

大木戸番人に、桃香は道中手形を見せて、半助のことは連れの下男だと言った。この時代にあっても、入り鉄砲に出女というのは、厳しい不文律であった。が、なぜか番人は道中手形を見て驚いたものの、すんなり通した。葵の御紋が入っていたからだ。

この街道は、将軍が日光東照宮に参拝する折に往復するので、〝御成街道〟と呼ばれている。さらに、岩槻城下に通じるため、〝岩槻街道〟ともいう。岩淵、川口、鳩ヶ谷、大門などの宿場を経て岩槻に至る。男の足で急げば、一日で着くかもしれぬが、女の足では無理である。岩槻のひとつ手前の大門宿に泊まることにした。

ここ大門は、元禄年間、岩槻城主だった松平伊賀守が、但馬国に転封された後、幕府領になった。江戸から六里半の所にあり、本陣が一軒、脇本陣の他に旅籠は数軒あった。この宿場の外れには、将軍の鷹狩り場もあり、道中に楽しんだとも言われている。将軍由来の街道だからか、場末の宿場にありがちな、ならず者が巣くうような危うい雰囲気はなかった。

あいにく祭事があるせいか、宿は一杯だったので、桃香と半助は同じ宿の同じ部屋に泊まることになった。湯を浴びて、簡単な食事を済ませた後、ふたりはまるで夫婦か恋人のように、少しばかり酒を飲みながら、お互いの身の上話をした。

もちろん、半助は本当のことを話さなかったし、桃香も『雉屋』の姪っ子であることを押し通した。

「えっ……『雉屋』って、深川の呉服問屋の……」

半助は驚きを隠しきれなかった。

「あら、なんで知ってるの？」

「いや、実は……」

詳しい話は避けたが、讃岐綾歌藩邸に道案内してくれたことだけは伝えた。この藩の領民だということも話したが、ロシア帰りということは隠していた。だが、桃香の方から、

「もしかして……伯父から名前は聞いてなかったけれど、異国から帰ってきた人と会ったと話をちらっと聞いたけれど、その人なのですか？　ええ、これまた不思議な縁……」

と言うと、さすがに半助も妙だなと訝る素振りになった。

自分は見張られているのではないかと、勘繰ったのである。だが、桃香は素知らぬ顔で、単純に人の出会いとは合縁奇縁なものだと感動してみせた。

「で……どうして、岩槻に行くの？」

「それは……」

しばらく話しているうちに、半助は少し酔ったのもあって、本当のことを話した。

「一目だけでいい……舞衣がどのような暮らしをしているか、見てみたいと思ったのだ。会ってどうこうするつもりはない。ただ、一目だけでも……と」

「その気持ち、とっても分かる。私も一緒になりたかった人と永久の別れになったことがあるので……でも、昔の話。それは忘れて、前に進まなきゃって思ったの」

「……」

「でも、まだあなたには無理よね。めったにありえないことに、なったんですものね」

同情のまなざしを半助に向けて、岩槻の『越後屋』なら知らないこともないから、そこまで一緒に行ってあげると、桃香は言った。

「嬉しいけど……桃香さんは、何処まで行くのです」

「私はその……ええと、日光東照宮」

適当に答えたときである。急に階段を駆け登るドタドタという足音がしたかと思うと、いきなり、障子戸が開けられ、浪人者が三人ばかり乗り込んできた。

「見つけたぞ、半助」

浪人のひとりが今にも斬りそうな体勢で、

「ハッシネンから預かっているものを渡せ。でないと、その娘共々、殺す」

「な、何の話だ……」

半助は心当たりがないと訴えた。その横で、桃香は毅然と浪人たちを見上げた。

「何なのです、あなたたちは」

「ふん。もしかして、おまえも仲間か」

「一体、何を言ってるのです。ちゃんと話してくれないと、答えようがありません」

「小娘。おまえには関わりない。黙っておれ。半助……例の物を差し出せば、命までは取らぬ。俺たちは役人ではないから、オランダ宿から逃げたことも咎め立てせぬ」

「……」

「だから、渡せばいいだけのことだ」

浪人の頭目格は今にも刀を抜き払いそうだったが、半助は首を横に振って、

「もしかして、ハッシネンを殺したのは、おまえたちかい」

「……」

「あの人は、江戸に来て、自分の娘に会いたいと話してた。俺はそのことしか知らない。本当に本当だ」

「嘘をつけ。奴は、娘になんぞ会いに行っておらぬ。さる旗本屋敷に忍び込んだ者から、日本の沿岸地図を受け取ったのだ」

「地図……」

何の話か分からないと、半助は戸惑うばかりであった。

幕府は代々、唐船の漂着に備えて、沿岸警備をしていた。殊に西国大名は、幕府からの命令で重装備で警戒していた。抜け荷の摘発の目的もあるが、根本には〝国防〟の意味合いがあった。

吉宗の治世になると、さらに異国船は日本の近海に現れるようになったため、西国のみならず、太平洋や日本海側も含め諸国に警戒を広めた。その一方で、後

にいう〝享保日本絵図〟という日本地図の作成を命じて、沿岸測量がなされていた。

　そんな中、ロシアのシパンベルグという海軍将校が率いる船が来航し、三隻の軍船が、仙台湾に入ってくるという事件も勃発した。他にも、ロシア軍艦が房総半島沖に現れた。それに対して、幕府や藩は百艘を超える船で対抗して取り囲み、上陸を阻んだ。

　そのような事件があったため、幕府は一層、各藩の異国との接触を警戒し、軍事力を使ってでも拒むように命令していたのだ。

　国防のために作られた地図を、ハッシネンが手に入れて、カピタンに渡して複製し、さらにロシアなど他国にも売り払う疑いがあった――そういう状況は、桃香こと桃太郎君は承知していた。

　だが、日本沿岸地図を奪い返すならば、公儀の手の者が来るはずだが、身分も分からぬ浪人が押し寄せてきた。しかも、ハッシネンを襲って殺した奴ならば、一体、正体は何者なのかと、桃香は気になった。

　すると、浪人の頭目格が、いま一度、半助に迫った。

「おまえは事情を知らぬかもしれぬ。だが、ハッシネンから預かっているものは、この国を滅ぼしかねない重要なものだ。おまえには何の値打ちもないものだ。さあ、渡せ」

「だから……俺は何もしらない。ハッシネンからは、何も預かっていない。そもそも、江戸の町に出かけたのも知らないし、亡くなったのだから、俺が会うはずもない」

「だが、おまえもオランダ宿から抜け出したではないか」

「だから、それは……」

「惚けるなら、やむを得ない。おまえも殺すまでだ。ロシアから来た密偵ということで、始末をつける」

頭目格が刀を抜き払うと、その前に桃香が立ちはだかった。

「乱暴な話ですね。何も知らないという人を斬るのですか。半助さんは、昔の許嫁に会いにいくだけです。お引き取り下さい」

「どけ、小娘めが。おまえから斬るぞ」

「やれるものなら、どうぞ」

眉間に皺を寄せた頭目格は、鋭く斬りかかったが、桃香は相手の脇の下に入ると、丁度背負い投げのような格好で投げ飛ばした。頭目格は、二階の窓から手摺りを越えて屋根に落ち、そのまま滑って庭に落ちた。

一瞬の出来事に、他の浪人ふたりは驚いて抜刀したが、背後から頭を道中脇差しで、激しく打ちつけられ、その場に昏倒した。

道中脇差しを鞘に戻して、振り返ったのは――菊之助だった。

「峰打ちだ。さあ、こいつらが目覚める前に、とっとと立ち去ろうぜ」

「菊之助さん……どうして、ここへ……」

桃香が訊くと、ニンマリと笑って、菊之助は鼻を擦った。

「なに。綾歌藩の若君と勝負するために、おまえを追ってきたまでよ。俺は今月今夜から、桃香……おまえから離れないぜ」

芝居がかって言う菊之助を呆れて見た桃香だが、浪人たちの仲間が他にいるかもしれないと判断し、

「長居は無用ね」

と半助を連れて、急いで宿から出ていくことにした。訳が分からないが、半助は言われるがままに従うしかなかった。

五

未明、岩槻城下に着いた桃香たちは、旅籠の一室で休ませて貰ってから、雑穀問屋の『越後屋』を探した。

岩槻城は、戦国時代に築かれた平山城だが、台地の上にあるので、城下や宿場町から眺めることができる。浮城とか白鶴城とも呼ばれるほど美しい城で、太田道灌が築城したとして知られている。豊臣秀吉軍に攻められた後、天守は崩されたが、本丸の瓦櫓や二重櫓などが並んで、壮観であった。

江戸幕府になってから、何人もの大名が入れ替わった。後に、大岡越前の縁戚で、徳川吉宗の子、家重の側用人であった大岡忠光が入城するのだが、当時はまだ天領であった。その城内には、将軍の日光参詣の折に使われた茶屋があり、城の南側には警固のための車橋番所がある。その近く、日光御成街道沿いに『越後屋』はあった。

他の街道沿いの店に比べても、一際、間口が広く、問屋場のような賑わいがあった。大勢の使用人が、朝早くから忙しそうに働いており、出入りの小売り業者や大八車を曳いた人足らも出入りしていた。

街道の一角から、店の様子を見ていた半助は、すっかり腰が引けてしまった。

「――こ、こんな大店に、嫁いでたんだな……」

「さあ。一目と言わず、ゆっくり会ってきなさいな。驚くかもしれないけれど、きっと喜んでくれるわよ」

桃香が背中を押したが、半助は今の自分の境遇とあまりにも違うので、ここまで来たことを悔いたように逃げ出そうとした。

「いや……やはり、よしておく。俺は所詮、田舎者で、故郷に帰ったとしても、漁師しかできない男だ。今更、こんな大店に嫁いだ舞衣に会っても、かける言葉がない」

「でも、舞衣さんはずっとずっと待ってたのよ、あなたのことを。本当は誰にも嫁ぎたくなんかなかったんだから」

「えっ……どうして、そのことを……」

半助が振り返ると、桃香は誤魔化し笑いを浮かべて、

「ほら。伯父さんに訊いたのよ」

と言った。

それを横で聞いていた菊之助は、わずかに嫉妬の顔になった。

「違うだろ。若君に聞いたんだろ」

「——え、どういうこと？」

さらに半助が不思議がるので、桃香は菊之助を拒むようにして、

「そんなことより、早く顔を見せてあげなさいな。後のことは、どうにでもなるわ」

「でも……」

「いいから、早く。男らしくないわね」

もう一度、桃香が押しやると、半助は意を決したように、店の前まで来た。だが、みんな忙しい最中だから、

「邪魔だ邪魔だ。危ないぞ」「そんな所に、ぼうっと突っ立ってんじゃない、バカ」「怪我するから、向こうへ行け」

などと乱暴な声を浴びせられた。

店の中を覗き込んだ半助の目が、アッと見開いて、体が硬直した。

「——ま、舞衣……」

何人もの手代に交じって、襷がけで帳簿を片手に、あれこれと差配しているの

は、まごうかたなき舞衣の姿であった。

別れたときとは違って、見るからに逞しい大店の女将風になっている。半助は懐かしさのあまり、一歩、二歩と進み出ながら、しぜんと涙が溢れ出てきた。

だが、舞衣は半助の姿には気付かず、けっこう男勝りな声や仕草で店の者たちに指図をしながら、忙しそうに働いている。

「女将さん、こっちは一俵足りないんじゃありやせんか」

「そうかい。二番蔵から運んでおくれ。あ、それから、大麦と小麦は粉にするものと、そうでないものをキチンと分けといてよ」

「城へ運ぶ分は、五穀米にしといてよろしいんでしたっけ」

「今月はそれでいいけど、来月は白米の脱穀したものにしといて。奥向きの方から先に運んどいとくれ」

などと手代らが、一々、舞衣に指示を仰いでいる。間違いがあってはならない。正確に仕事をこなすという雰囲気が、店の中に緊張と共に広がっていた。

「――どちら様でしたかな」

ふいに横合いから、番頭らしき男に声をかけられて、半助はさらに凍りついた。

「あ、いえ俺は……」

「番頭の寿右衛門という者でございます。何か、私どもに不手際でもありましたでしょうか。もし、そうでしたら、こちらの方へどうぞ」

と丁寧な態度で、番頭は案内しようとした。が、半助は手を振って拒んだ。

その店先の様子を、中の帳場辺りから見えたのであろうか、舞衣が視線を向けた。

とっさに、半助は顔を背けたが、チラリと横目で見ると、もう舞衣は違う方を見ていて、忙しそうに歩き廻っていた。

「如何しましたかな……」

寿右衛門が訝しげに声をかけると、半助は背中を向けて駆け出した。

出鱈目に走り廻って街道から外れ、川の土手道をひたすら走った。自分でもどうしてよいか分からず、ただただその場から逃げ出したかったのだ。

転がるように土手から河原に駆け下り、自分からドブンと川に入った。川の流れは意外ときつく、あっという間に膝まで浸かった。

その姿を懸命に追いかけてきた菊之助が、

「おい！　早まったことをするな！　バカじゃねえのか、おまえは！」

と叫びながら近づいてきた。そして、菊之助も川の中に入って、半助に飛び掛かり、河原に引っ張り戻した。

「なんてことをするんだ」

菊之助は腕を摑んで、その場に倒したが、半助はただ自暴自棄ぎみに嘆くだけだった。もっとも、入水自殺などをするつもりはなく、ただこの気持ちをどうしてよいか分からなかっただけである。

「──ここまで来て、なんで一声、かけてやらねえんだよ」

「……」

「向こうだって、おまえと分かれば、喜んで迎えてくれるに違いねえよ」

「そんなことはない……あれだけの大店だ。遠い昔の……死んだはずの男に訪ねて来られても、困るだけだ。亭主や親の手前もあろうし、嫁いで四年になるんだ……子供もいるに違いねえ」

「バカたれ。それくらいのことは承知の上で、遥々、訪ねてきたんじゃねえのか」

責めるように言う菊之助に、半助は乱暴に言った。

「ほっといてくれ。俺はどうせ死んだ男だ。もういいんだよ……ああ、一目だけ見ることができた。幸せでいるなら、それでいい。会って話すことなんか何もないよ」

「そうかな。生きてると伝えるだけでも、舞衣さんは喜ぶと思うがな」

「……」

「いや、いいよ……死んだと思ってくれてる方が、舞衣のためにも……」

「なんだい、なんだい。女々しい奴だな。だったら、好きにしな。俺には関わりねえ話だからよ。じゃあな」

突き放すように言って、菊之助は土手道に戻り始めた。

そこへ、遅れて、桃香が小走りでくるのが見える。菊之助は手を挙げたが、目の前を通り過ぎて、半助の前まで駆け寄ると、いきなりバシッと平手打ちをした。

「ちゃんと会いなさいよ」

「！……」

「舞衣は……舞衣さんはね、本当にあなたを待っていたんだ……もし、帰ってくることがあれば、お互いどんな境遇になっていたとしても、会いたい、必ず会いたいって、涙を流しながら嫁いだんだよ」

桃香が必死に言うと、半助も菊之助も不思議そうに見やった。

「――な、何故、そんなことを……」

菊之助が言いかけるのへ、桃香は「うるさい」と牽制してから、

「女はね。惚れた人のためなら、命を投げ出すんだ。そこが男とは違うんだよ。自分の人生をかけて、全身全霊で尽くすんだ」

「……」

「一度は今生の別れになったのだから、ちゃんと向き合いなさいよ」

「でも……」

「どういう境遇だったら声をかけるの。ずっとあなたのことを待ってたら、抱きしめてやるわけ？　でも、他の男の所へ行ってたら、知らん顔をするの？　そんな身勝手な、自分の気持ちしか考えられないくらいなら、あなたは……クソ野郎だ」

乱暴な言葉に、菊之助の方が驚いた。

「さあ、どうします、半助さん。私も、会えば済むとは思ってません。会わないで立ち去ってもいい。でも、そうするにしても、相手の気持ちを知ってからでも、遅くはないいんじゃないですか」

「相手の気持ち……」

「ええ。あなたのことは、すっかり忘れて、幸せに暮らしてる。そのことを、半

助さん……あなたはキチンと見届けてから、遠くから見守ってもいいんじゃありませんか」

「……」

「そうは思いませんか」

桃香の言い分を、菊之助は何となく理解できるような気がした。

「――そうだな……桃香の女心、俺は……なんというか……分かる気がする」

「ドサクサ紛れに、呼び捨てにしないで下さいな」

「すまん。あ、そうだ。俺が『越後屋』に出向いて様子を見てくる。商人同士、話が通じると思うしな」

「結構です。あなたが行くと、事がややこしくなる気がするので、私が！　それまで菊之助さんは、半助さんを縛りつけてでも、逃げ出さないようにしてて下さい」

命令口調で桃香は言うと、すぐに翻って、来た道をサッサと戻るのであった。

その後ろ姿を見送りながら、菊之助と半助は首を傾げながら、顔を見合わせた。

――けっこう、キツい女だな……。

ふたりとも、そんな目だったが、菊之助はますます心が燃えていた。

六

雑穀問屋『越後屋』の慌ただしさが落ち着いた頃、桃香が訪ねてきた。

出迎えた寿右衛門が奥に声をかけると、舞衣が出てきた。すっかり商家の女将さんらしくなっている。目の前の町娘がまさか、かつて仕えていた〝若君〟とは思えず、少し戸惑ったようだが、丁重に挨拶をした。

「うちの奉公人が粗相でもいたしましたでしょうか」

商売は繊細な心がけが必要だが、よほど心配性なのか、舞衣は何かあったのかと気にしているようだった。

桃香は自分の両耳を引っ張り、寄り目をしてみせた。わざと変な顔をして見せたのだが、舞衣は唐突なことにキョトンとなるばかりであった。だが、桃香は止めないで、鼻を鳴らして、ニコリと笑った。

──あっ……。

舞衣の表情が俄(にわか)に、驚きと戸惑いとなった。

「まさか……」

人に聞こえないほどの声で呟いたが、傍らで見ていた寿右衛門は、桃香のことを危ない奴だと思ったのか、

「何をしているのです。お引き取り下さい」

と舞衣を庇うように立った。

「いいのです、番頭さん。奥に通して差し上げて。決して、粗相のないように」

ハッキリと舞衣に言われて、寿右衛門は一瞬、戸惑った。が、桃香もすぐに〝変顔〟を元に戻すと、

「江戸深川の呉服問屋『雉屋』福兵衛の姪で、桃香と申します」

と番頭に自己紹介をした。すぐに、舞衣も微笑みかけて、

「ほら、江戸でお世話になっていたお屋敷に、出入りしていた商家の……」

「ああ。そうでございましたか。これは、失礼をば致しました」

奥座敷に通された桃香を、舞衣は上座に座らせようとしたが、すぐに拒んだ。茶を運んできた手代が下がるなり、舞衣は平伏したものの、驚きは隠せなかった。

「まさか、若君がそのようなお忍び姿とは存じ上げず、失礼を致しました」

「そうではない。これが本当の姿なのです」

「え……？」

舞衣の目は丸くなったが、桃香は真剣な顔で打ち明けた。

「この際、正直に言いますが、私は桃太郎ではなく、桃香。女だったのだが、藩の都合で男として育てられたのです」

「……」

「このことを知っているのは、国元の殿様と家老以外には、久枝と『雉屋』福兵衛だけ。江戸家老の城之内ですら、知ったのは最近のこと……騙していて悪かったわね」

むろん、将軍吉宗や大岡越前、犬山勘兵衛や猿吉もこの秘密は知っているが、ここでは伏せている。

「あ、いえ……とんでも、ございません」

意外な話すぎて言葉を失った舞衣に、桃香は懐かしそうに微笑みかけ、

「おまえには沢山、励まされ、笑わせて貰った。でも、ここだけの内緒よ」

とまた変な顔をしてみせた。

「若君……いえ、お姫様……と言った方がよろしいのでしょうか」

「ここでは、桃香でいいわよ」

「では、遠慮なく、桃香さん……本当に、お懐かしゅうございます。その節は、

大変お世話になりました。改めて、御礼申し上げます。お陰様で、なんとか暮していけております」

大店の女将でありながら、舞衣はお屋敷の女中に戻ったかのように丁寧に言った。

「私よりも懐かしい人が来てます。すぐ近くまでね」

「――といいますと……」

「驚かないでね。半助さんです」

「ええっ……!?」

「生きて帰ってきたのです。異国のロシアに漂流していたのですが、無事に……」

舞衣は一瞬、狼狽した顔になった。喜びよりも戸惑いの方が大きかったのであろう、どう表現してよいか困っているようだった。

「一年前には長崎まで来ていたのだけれど、この国の事情で、今までかかったの」

知りうる限りのことを、桃香は話して聞かせた。舞衣はじっと聞いていたが、押し黙ったまま何も言わなかった。

「そして……オランダ宿から抜け出して、一目、舞衣に会いたくて来たのです。でも、半助は、遠目にあなたの頑張っている姿を見て、会わずに帰ろうとしてます。それでいいのかどうか、私にも分からない」

「……」

「でも、折角、生きていたのです。一目だけでも、会ってやることはできないかな」

「私には……」

何か言いかけて、舞衣は気持ちを整理するかのように、もう一度、黙った。ふと障子戸の外を見上げると、庭越しに城に聳(そび)える瓦櫓が見えた。

「あの城は、白鶴城と呼ばれています」

「だそうね……」

「太田道灌様が城を作る際、二羽の夫婦の白鶴が、沼の水面に木の枝を落とし、その上に舞い降りて、さらに沢山の竹を重ねることで、お城ができたそうです」

「……」

「夫婦だけで、せっせと積み上げたものだそうです……ただの言い伝えですが、亡くなった主人はよくその話をしてくれました」

「亡くなった……ご主人が？」

桃香は知らなかったことだが、あまりにも吃驚して、かける言葉も失った。てっきり、裕福で何不自由ない、幸せな暮らしをしていると思ったからである。

「嫁いできて、一年も経たない頃でした。原因は分かりません。突然、倒れました」

「お気の毒に……知らせてくれればよかったのに……」

「とんでもございません。そのときは、半助さんのことといい、つくづく夫には縁が薄いのかなと思いましたが……店のみんなが人切にしてくれました」

「……」

「だから、幸せに暮らせております」

「子供は？」

「残念ながら、授かりませんでした。今は店の小僧たちが子供みたいなものです。大勢いて騒がしいけれど、とても楽しい毎日です。ですから……」

舞衣は喉の奥から絞り出すような声で、

「半助さんには、会えません……私はこの家に嫁いだ身ですし……会っても、何と言っていいか分かりません……どうか、若君、いいえ、桃香さんから、宜しくお伝え下さい。これからも大変でしょうが、元気で頑張って下さいと」

「本当に、会わなくていいの」

「――はい……」

深々と頭を下げて、舞衣は申し訳ないと何度も謝った。桃香も念を押すように訊き返したが、答えは同じだった。

「それだけ、半助と同じ気持ちだということね……羨ましいわ」

それ以上、桃香は何も言わなかった。そして、何か困ったことがあれば、いつでも江戸の屋敷まで訪ねてきて、と念を押した。

そっと立ち上がった桃香は廊下に出た。手代に案内されて、しばらく歩いていくと、座敷の方から、嗚咽する舞衣の声が聞こえた。一瞬、足を止めて戻ろうとしたが、桃香は深い溜息をついて、店の外へ出た。

振り返って立派な軒看板を見上げて、

――舞衣はもう、この重みを背負っているのかもしれないな……。

と思って、桃香は来た道を戻り始めた。

すると、「お待ち下さい」と男の声がかかった。振り返ると寿右衛門だった。

「少しお話をよろしいでしょうか」

「ええ……」

「途中から、立ち聞きをしてしまいましたが、女将さんのことで、お伝えしておきたいことがありまして」

何処から聞いていたのか分からないが、綾歌藩の若君とは思っていないようだった。店から少し離れた裏通りの茶店に入った。寿右衛門は店の者に、土産にと団子などを包ませてから、桃香に話した。

「半助さんのことは、お嫁に来る前に、亡き主人からも聞いておりました」

「そうなんですか……」

「いなくなった半助さんの分も、女将さんを幸せにすると、よく話しておりました……でも、女将さんの方は嫁いで来てからは、半助さんの〝は〟の字も口に出しませんでした。その代わり、夫婦となった鶴は生涯、ひとりだけを愛して離れないと、よくそんな話をしてました」

桃香は様子がよく分かって納得した。亡き主人の父親、つまり先代から仕えている寿右衛門は、店の様子に詳しかった。

「女将さんは、今、お姑(しゅうとめ)さんの面倒も見ているのです。体を悪くして、養生中です。ひとりで出歩くどころか、ご飯を召し上がることも難儀なのです」

「そうなんですか……」

「でも、親のことだからと、手代たちには任せないで、ご自身で世話をしております。なかなか、できることではありません」

「偉いですね……」

「しかも、厳しいお姑さんでした。ご主人が亡くなってから、余計に酷くなって、まるで女将さんが嫁に来たから祟られたんだ、息子は早死にしたんだと罵る始末……はっきり言って、虐めておりました」

寿右衛門は申し訳なさそうに俯いて、

「決して、お姑さんの悪口を言いたいのではありません……お姑さんなりに、商売の厳しさを教えたかったのだと思います。それに応えて、舞衣さんは嫁に来た当初とは見違えるほど、立派な『越後屋』の女将さんになりました……苦労したんです」

と言った。

「涙など、まったく見せたことがありません……でも、ひとりでは泣いていたと思います……そのことを奉公人たちは感じてました。でも、女将さんは、いつも明るくて元気。だから、みんなも頑張れたんだと思います」

「……」

「私は、身近で見ていて辛かったです……でも、今や、奉公人とその親兄弟にとって、なくてはならない人です……そのために、女将さんは頑張ってくれているのです」

「そのようですね……」

「決して、大店の嫁に入って、楽して優雅に暮らしているのではない……そのことだけは、半助さんにお伝え下さいまし」

寿右衛門は切実な顔でそう言った。

「今朝方、店先に来た方が、半助さんですよね……さっき話を聞いていて、そうではないかと思いました」

「ええ、そうです……」

「どうか、宜しくお願い致します……」

何とも言えない寂しそうな声で、寿右衛門は深々と頭を下げた。

「――良い話を聞かせて下さいました。こちらこそ、御礼を申し上げます。女将さんにも、どうかお達者でと……」

桃香はすべて飲み込んだように、頷くのであった。

茶店を出て、城下の町並みの旅情に浸ることもできず、菊之助たちを探そうとすると、一筋離れた辺りで、怒声と喧騒が湧き起こった。見やると、半助が昨日、宿で襲ってきた浪人たちにまた襲われていた。浪人はふたりになっている。

思わず駆け寄っていこうとする桃香の肩が、サッと摑まれた。

振り向くと——犬山勘兵衛(いぬやまかんべえ)であった。

「じゃじゃ馬は結構だが。無茶や勝手は困りますぞ」

「ほんと、城之内かよって言いたくなる。いつから、尾けてたの」

「ここは任せなさい」

犬山は騒ぎの方へ突っ走ると、浪人ふたりに小柄(こづか)を投げつけながら、半助を庇った。問答無用に斬りかかってくる浪人たちに、犬山も容赦せぬとばかりに抜刀して、二、三、斬り結んだ。

その隙に逃げだす半助を、菊之助が腕を引いて路地に隠れた。

犬山を取り囲む浪人たちは、さらに躍りかかってきた。が、犬山の豪剣が勝っており、相手の腕や肩を斬り裂いた。たまらず逃げ出す浪人たちだが、犬山は刀を峰に返して、首根っこを打ちつけ、ふたりとも昏倒させた。

そこへ、城下の役人が駆けつけてきて、犬山にも刀を収めろと六尺棒を突きつ

けた。言われるとおり、犬山は刀を鞘に戻し、

「俺は、江戸町奉行大岡越前が内与力、犬山勘兵衛と申す者。オランダ宿から逃げだした者を追ってきた。この浪人たちは、江戸にてオランダ商館員を殺した輩だ。お騒がせ致しました」

あまりに堂々とした犬山の態度に、役人たちも一旦、矛先を収めた。

七

城下の奉行立ち会いのもと、番小屋を借りて、犬山は浪人たちを取り調べた。岩槻は天領であるから、勘定奉行支配であったが、将軍の懐刀と言われる大岡越前の命令による探索とあらば、従うしかなかった。

半助は番小屋の牢に入れられ、土間には浪人ふたりが座らされていた。傍らでは、桃香と菊之助も、昨夜、襲われた関わりから、被害者として控えている。

「詳細は江戸表にて吟味するが、いまひとり浪人がいたはずだが」

犬山が問い質（ただ）すと、昨夜、宿の二階から転落したとき腰の骨を折り、城下の町医者の所で治療を受けているという。

「さようか。とんだ大怪我だな」

役人は直ちに、その町医者の所へ向かい、捕縛する段取りを取った。

浪人たちは観念したのか、名前や素性を明らかにし、素直に犬山の尋問に答えた。目の前にいるのは、浪人ではなく、矢島と高瀬という長崎奉行配下の役人で、腰を折ったのは三人の中では筆頭格の宮部という者であった。

「こっちの調べでは、ハッシネンは一刀のもと殺されているが、狙いは何だ。正直に言わねば、江戸にて拷問されるが？」

「地図が欲しかっただけだ」

矢島の方が答えた。

「沿岸地図のことだな。ハッシネンは持っていなかったがために、半助に渡されていると誤解して襲った。そうだな」

「そうだ」

「その地図をハッシネンは誰に渡そうとしていたのか、知っておるか」

「いや、知らぬ」

「上様だ。ハッシネンは、おまえたちの主である長崎奉行・永井外記から盗み出し、大岡様をとおして、上様へ渡すつもりだった。いや、戻すつもりだった」

「なんと……!?」

「永井外記は、日本の沿岸地図を莫大な金で、清国商人に売り渡す手筈だったそうだ。まさしく、国賊よのう」

犬山は険しい顔を、矢島と高瀬に向けたまま、

「おぬしたちが知らぬことだったのならば、命じられて動いたまで。お咎めは避けられぬが、手心は加えられよう。だが、江戸に戻って正直に話さなければ、どうなるかは大岡様次第だ。承知しておくがよい」

と言って、逃亡できぬよう縛った上で牢に入れ、見張りをつけておいた。

入れ替わりに、半助を取り調べた犬山は、理由はどうであれ、オランダ宿から勝手に抜け出したのは、〝逃亡〟の罪に問われると言った。情け容赦ない言い方だった。

その様子を見ていた桃香は、

——やはり、町奉行に仕えるガチガチ頭のコンコンチキだな。

と思った。

これまで、自分に力を貸してくれる、頼もしい人だと思っていたが、要するに桃香こそが見張られていたわけだ。

半助を土間に座らせた犬山は、自分の犯した罪を認めるか、改めて問い質した。

じっと俯いたままの半助は、首を左右に振って、

「はてさて……俺は頭が悪いから、何が良くて何が悪いか、サッパリ分からないよ」

と小さな声で言った。

「逃げたのが悪いと言っているのだ」

「自由になりたかっただけだ」

「なに……？」

「俺が何をしたってんだ。あの侍たちのように人を殺めたか？　誰かから何か盗んだか？　海賊に捕らえられた挙げ句、大海に漂流させられただけじゃないか」

「……」

「異国に行ったって、何ひとつ悪いことなんかしてない。真面目に漁をして、てめえの食い扶持はてめえで稼ぎ、それでも生まれ故郷が恋しくて、死に物狂いで帰ってきただけだ……それで、こんな目に遭わされてよ。こんなことなら、いっそのことロシアで暮らしときゃよかった」

半助はもう泣いていなかった。ただ、世の中に対する怒りに溢れ、自分の国を

懐かしんだということを後悔していた。

「俺の居場所はなかったんだ……おふくろは死に、惚れた女もいない……」

「……」

「これでも、アヌチノって小さな村には、俺に惚れてくれた娘っ子がいた。漂流して可哀想だって同情してくれただけかもしれねえが、ずっと一緒にいてくれと哀願された……日本に帰ったところで、死罪になるだけだ。だから、村にいてくれって」

「……」

「ロシアの片田舎ですら、この日本って国が、いびつな国だってことが分かってたんだ。そりゃ、向こうにだって窮屈な暮らしもあるし、身分の隔たりもある。それでも、この国みたいに、武士が偉そうにしちゃいねえ。斬り捨て御免なんて法はねえ」

当時、ロシアはピョートル一世の死後、皇后のエカテリーナが即位したが、わずか二年程の在位で死去した。その後、廃嫡だったはずのアレクセイが、ピョートル二世としたが、これもわずか三年ばかりの在位で、十四歳の若さで亡くなってしまう。そして、イヴァン五世の皇女であるアンナが、王位を女帝として継承していた。

だが、ろくな教育を受けていないアンナは政治にはまったく関心を示さず、ドイツ出身の官僚や政治家に任せっきりで、外交にもまったく疎く、内政もゴタゴタしていた。日本と違って、西欧諸国との戦争や紛争は数々あったが、すべて〝他人任せ〟であった。

そういう情勢を半助が知っていたわけではない。だが、ロシアの片隅の村にも、地球儀や世界地図はあった。オーストリアとスウェーデンとか、ペルシャやローマという国々の名前くらいは耳に入ってきていた。瀬戸内海の小さな村で暮らしていたときには、目にすることのないものが沢山あった。

だが、世界の情勢に影響を受けず、日本は狭い国土の中で、安穏と暮らせていたのだということも実感した。少なくとも戦国の世のように、領民が戦に駆り出されることはないと肌身で感じていた。ロシアには貴族ですら、国に対する厳しい義務があり、命が保証されていない気がしていた。

だからこそ、半助は日本に帰ってきたのに、漂流しただけで罪人扱いされた。この状況は、ロシアの片田舎の人々でも知っていたことだった。が、日本人の半助自身が、まさかこんな目に遭うとは思ってもみなかった。

「だから……罪人だというなら、もうそれでいい……それが運命だと受け容れるしかない……」

「それが運命……」

犬山は半助の言葉を繰り返した。そして、睨むように見据えると、

「己の身の上に起こったことは、もう取り返しのつかぬことだ。だが、昔を振り返って、あれこれ考えても仕方があるまい。前に向かって進むしかない」

「――分かったようなことは結構です……説教は御免です」

半助の言い草は投げやりな感じではなく、自分を少しずつ取り戻しているように、桃香には感じられた。

「実はね、半助さん……」

桃香は声をかけた。改めて、『越後屋』に嫁いだ舞衣について話した。会ったときの様子や、寿右衛門から聞いた、今、舞衣が背負っている境遇を伝えた。

ただ、自分も会わない方がいいと舞衣が言ったことは、話さなかった。本心ではないと、桃香は思っていたからである。

「――そうかい……あいつも人に言えねえ苦労を、沢山したんだな……てめえだけが、大変な目に遭ったと思ってた……俺はつくづく情けない男だ」

「そんなことは、ありませんよ。こうして、帰って来ただけでも……」

「舞衣も辛い思いをしてたのなら、慰めの言葉のひとつでも、かけてやりゃよかったかな……奉公人のために、あいつは一生懸命、頑張ってるんだな」

「ええ。ですから、半助さんも誰かのために、生き抜いて下さいな。まだ若いんだから」

桃香が励ましたとき、犬山は威儀を正して、

「半助。おまえの沙汰は決まっておる」

と声をかけた。

「正式には、江戸に帰って後、大岡様が直々に言い渡すが、御定書二十条により、逃亡の罪は、磔(はりつけ)もしくは追放である。それを助けた者も、同罪だ」

犬山はチラリと桃香を見てから、

「だが、今般は諸事情を鑑(かんが)みて、磔はあまりにも不憫。よって、おまえは遠島扱いとなり……松前藩に送られることになろう」

「――ま、松前藩……」

松前藩とは、渡島国(おしまのくに)津軽郡(つがるぐん)にある藩である。今の北海道だ。藩主は代々、外様大名の松前氏であり、一万石を拝している。この地は、江戸の初めより、松前氏

が支配しており、蝦夷地にも領地を広げ、アイヌとの交易によって富を得ていた。いわば幕藩体制からは外れていたが、吉宗の治世には締め付けが厳しくなり、蝦夷地はしだいに幕府が直接支配するようになっていた。新たな役所を作り、そこへ幕府官僚も派遣していたのだ。

「さよう。おまえは蝦夷に行き、漂流してくるロシア人対策の通詞として働け」

「えっ……俺がですか……」

「今度は、おまえがロシア漁民が流れ着いたときに面倒を見て、帰国するまでの手伝いをしてやるのだな」

「ほ、本当ですか……俺なんかが、そんな……」

「喜ぶのはまだ早い。これはあくまでも、遠島であることを忘れるな。遠島とは終身刑だ。二度と故郷に帰れぬ……かもしれぬ」

「……」

「それが大岡様にできる、最善策だと俺も思うがな」

半助は打ち震える声で、感謝の意を伝えた。

その沙汰を聞いて、桃香は思わず、

「さすが、大岡様！」

と声を上げた。

「正直、さっきは、むかついたんだけど、粋な計らいをすることもあるんだねえ」

からかうように桃香が言った。

そのとき、「ごめんなさいませ」と声があって、寿右衛門が入ってきた。

「あの……」

「なんだ。今、大事な吟味をしておる」

奉行が追い返そうとしたが、桃香の目配せを受けて、犬山が対応した。

「もしかして、この半助のことかな」

「──はい。実は、うちの女将が……先程の騒動を目にしたもので、やはり半助さんにお目にかかりたいと……」

寿右衛門は恐縮しながら申し出た。桃香の表情はすぐに明るくなって、自分が仕切るように招き入れた。

静かに入ってきた舞衣は、土間に座っている半助の姿を見て、衝撃を受けたのか、うっと涙を滲ませた。だが、桃香はすぐに舞衣に寄り添って、座敷の方へ招いた。

「お、おい……」

奉行が妙な声を発したが、犬山は「構わぬ」と言って、半助を立ち上がらせ、同じ座敷に連れていった。

「ま、舞衣……会いたかった……全然、変わってないな……」

半助が声をかけると、舞衣は堰を切ったように涙が溢れ、嗚咽しながら、

「――は、半助さん……ご無事で、何よりでした……あ、会いたかった……ずっと会いたかったです……」

としゃがみ込んだ。

その体を思わず抱き寄せて、半助は頬を愛しげに撫でながら、

「心配かけたな、舞衣……苦労かけたな……済まなかった」

と涙に濡れる顔を、食い入るように見つめた。

桃香はそっと襖を閉めて、ふたりだけにしてやるのだった。

座敷の中では、声にならぬ噎び声で、ふたりは長い時間、語りあっていた。七年の歳月を取り戻すかのように、お互いを愛おしみ合っているに違いない。

「あの……」

寿右衛門が恐れながらと、犬山に申し出た。

「半助さんを、うちの奉公人にすることはできないものでしょうか。もし、叶うなら……大女将も承知してくれました」

「そちらが望むならば、半助も喜ぶであろうが、遠島が決まっておる」

「え、遠島……」

　衝撃を受けた寿右衛門の唇は震えていたが、桃香は微笑みながら言った。

「大丈夫です。終身刑ではない遠島です。江戸所払いみたいなものだから、蝦夷に行く途中に、またここに来てもいいかも」

「これ。お上の裁決を踏みにじる気か」

　犬山は叱りつけるように言うと、桃香は急に横柄な態度になって、

「おや、そこまで言うなら、こっちも領民を擁護するため、一戦交えてもようございますよ。半助さんが言っていたように、理不尽極まりないことですからね。それでも、よろしいのですか」

　凛然と対峙した。

「これまた……じゃじゃ馬……いや、本当に……なんというか……」

　困り果てた顔になって、犬山は曖昧に誤魔化すのであった。

　翌日――。

半助は江戸に連れて帰られ、予定どおり、松前へ行くこととなった。

だが、永久に行くわけではない。赴任期間を終えて、幕府の通詞として江戸に戻れば、商家に入るにしても箔が付くというものだった。

この後、大岡越前と先祖を同じくする大岡忠光が、吉宗の嫡男家重の小姓を務めて後、側用人などを経て、岩槻藩の初代藩主として、入封するのは、宝暦年間になってからのことだ。が、それは今般の一件と無関係ではない。

やがて、半助と舞衣が夫婦となって、藩御用達にもなった『越後屋』を守り立て、白鶴のように仲睦まじく、この地で終生を閉じたことは語るまでもない。

江戸の空の下では――。

今日も町娘姿の桃香が、事件を追いながら元気に走り廻っている。

菊之助は心を射止めたいのだが、まったく相手にされない。だが、桃太郎君との賭けを諦めたわけではない。袖を振り振り逃げる桃香を、菊之助はスタコラ追いかけるのであった。

本書は書き下ろしです。

実業之日本社文庫 い107

桃太郎姫 望郷はるか

2020年8月15日　初版第1刷発行

著　者　井川香四郎

発行者　岩野裕一
発行所　株式会社実業之日本社
〒107-0062　東京都港区南青山5-4-30
CoSTUME NATIONAL Aoyama Complex 2F
電話［編集］03(6809)0473［販売］03(6809)0495
ホームページ　https://www.j-n.co.jp/
DTP　ラッシュ
印刷所　大日本印刷株式会社
製本所　大日本印刷株式会社

フォーマットデザイン　鈴木正道（Suzuki Design）

ISBN978-4-408-55607-9（第二文芸）